The Summer Wind
since in 1985

夏季风

老铁 主编

2020年 第1卷

长江出版传媒
长江文艺出版社

图书在版编目（C I P）数据

夏季风.2020年.第1卷 / 老铁主编. -- 武汉：长江文艺出版社，2020.9
ISBN 978-7-5702-1736-6

Ⅰ.①夏… Ⅱ.①老… Ⅲ.①中国文学 - 当代文学—作品综合集 Ⅳ.①I217.2

中国版本图书馆 CIP 数据核字（2020）第 144820 号

责任编辑：谈　骁　　　　责任校对：毛　娟
视觉设计：新港书研所 · 傅远　　　　责任印制：邱　莉　王光兴

出版：长江出版传媒 | 长江文艺出版社
地址：武汉市雄楚大街 268 号　　邮编：430070
发行：长江文艺出版社
http://www.cjlap.com
印刷：天津午阳印刷股份有限公司

开本：880 毫米 ×1230 毫米　1/16　印张：7.625
版次：2020 年 9 月第 1 版　　2020 年 9 月第 1 次印刷
行数：3024 行

定价：55.00 元

夏季风　2020年｜第1卷

The Sunmmer Find

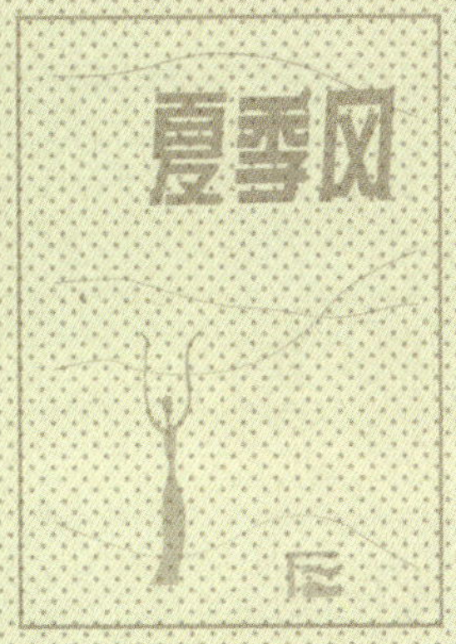

夏季风故事　之一

诞生于1985年10月

原为昆山市**张浦**镇一本乡土刊物，以诗为主

一批文学青年

为了诗歌乐此不疲

他们**闷头**写诗

不花钱打印

用老铁锤将三号四号

敲成**标题**

他们常常**把爱情诗**放在头条

把**几百份**刊物

寄到**几百家**杂志社

还附上

“***自吹自擂***”的信函

堂而皇之登上一些杂志的诗歌版面

她在不停地走，朝着
美好的方向，她无声
带着很小的秘密，有时会
碰碎一只精美的瓷瓶
让里面的黑暗，有了窥视世界的
灯光……

风向

The direction of the wind

寄自峡谷的信

The letter from the valley

路　也｜女，现执教于济南大学文学院。出版诗集、散文随笔集、中短篇小说集、长篇小说以及文论集等共约二十余部。现主要从事诗歌和散文创作，兼及创意写作和中西诗歌比较等方向的研究。

怎样颠簸
怎样背井离乡
才能注入大海

约维尔小站

此时，约维尔小站，只有我一个人
落日正给英格兰佩戴上徽章

地球上最后一个人
等候世上最后一趟火车，开过来

时间沉睡在列车时刻表里
细长条形的显示屏翻腾着一些地名

候车室书架上安插着几本诗集
在无人翻阅时也发出回声，昭示未知和无限

四周寂静，从路基缝隙传来蟋蟀的琴声
是欢愉、纳闷和告别的合成

一列火车听从秋风的指令，将要进站
并打算凭借冲动，驶进远方的一场冷雨

小站是我头脑里的一个想法
生命原本可以如此空旷——我独自前行

太行山

分不清天河梁、阳曲山、走马槽
只知一座连一座，统统叫太行

在高处，它制造悬崖和突兀
向天空和星辰宣誓
在半坡，它侍弄大片大片野花
说出最想说出来的话
在低处，它纵容溪水
安抚村落和牛羊

它的裂谷幻想愈合的可能
它的绝壁找不到退路
它的山脊上的石路伸向迷失和遗忘
它的腹腔里有煤块在缄默

既不属公元前也不属公元后
除了上苍，它什么也不信

落日新鲜，被它圆圆地扛在肩头
接着又砍去一半

初秋的风吹过高山草甸
拖着长长的裙摆
不必分清哪边是山西，哪边是河北与河南

如果对人世迷惘，请来太行
因为别处的屋檐都太矮，也不够敞亮

杜甫之死

把一家八口安置在一条旧船上
把宅院放在江上
命运在水上漂
还要漂多少昼夜才能安稳
还要漂多少里程才能停靠
怎么也漂不到陶潜的桃花源了
回棹而北上岳阳，与其说是飘零
倒不如说是想念中原
倒不如说是回望洛阳长安
倒不如说是为了离屈大夫更近些
倒不如说是
为了死
朋友们全无音讯
已没有力气返回故乡
饥饿使诗人敏锐
牛肉白酒最懂唯物论
集糖尿病、痛风、偏头疼、风痹症、肺病
肌肉萎缩、耳聋、疟疾于一身
他替整个国家生病
他的病在律诗里大放异彩
他老了，爱哭，写字时手颤
身体枯瘦得早已不像唐朝人
此刻，船行在冬天的疾风和大水之中
杜子美、杜工部、杜拾遗、杜少陵
伏在枕上写着绝命诗
每个字都是疼的
回棹而北上岳阳，与其说是为了活
倒不如说是
为了死
死在洞庭和汨罗之间
死在一条旧船上
那条船多么像他爱着的国家啊

在长城下喝酒

在长城下喝酒，要一饮而尽
在长城下喝酒，狂风轻易翻越了命运的关塞
在长城下喝酒，与记忆的烽火台干杯
在长城下喝酒，从沙漠一口气喝至东海
在长城下喝酒，作为穷光蛋，多么快活
所有曾经爱过的人，都已忘记，不再有音讯
中年一下子变得辽阔
在长城下喝酒，落日滚圆，磅礴
夜幕缓缓垂下
抬头望见上帝的工厂

芦花

芦花摇晃着秋天
唯有天国，是静止的

在一大片白茫茫之中，偶有缝隙
可见到天空的蔚蓝

草本的笔直的表情
最后想法放在了浅水的坟茔上
芦花的头发和衣袖里面
盛满了风

风里有命运
命运是醒着的

停顿，弯腰，倾侧，伏倒，朝同一方向归顺
它们仿佛在奔跑
不但没有成阻力，反而加快了风速

孤独凭借芦花，芦花凭借风
在开口说话

芦花掩埋了自己的道路
风从无形变成了有形
谁的心在与它们一起押韵
在恍惚

共同抵达沼泽的另一岸
地平线远远地横卧，那上面的夕阳那么伤悲

野棉花

她们是野棉花
因为野，所以无法采来做棉袄
不能纺织
因为野，所以白里透红
因为野，所以进不了田垄
而生在沟涧，长在峭崖
每个棉朵都是圆形房屋
锁闭的力气全部用来绽放
一个念头睡在里面
她们要开花
开花只是为了好看
好看为了什么呢，谨向那创造了她们的
表达赞美和感恩
因为野，可以肆无忌惮地大笑
甜美不是牢狱，而是自由
因为野而原谅了一阵冷雨
因为野而不惧怕秋声
因为野，单身并快乐着
不种也不收
在大地上度过无用的一生
天空、云朵、阳光、山谷、溪水、吹拂的风
正向所有无用的事物致敬

在哪里
（拟 Fernando Pessoa）

一个每天都是星期天的地方
一个没有钟表的地方

不必急于
从一天赶往另一天
把问号拉直成感叹号

风有天鹅绒的质地
太阳暖洋洋，扇着地球耳光

所有山巅都是看星星的露台
容许向头顶上的大海，大海中的幻象
深渊和虚无
致敬

一只落在地上的松果
念天地之悠悠

木屋建在溪涧
偶尔打一个漩涡状的嗝

失眠征被一语道破，不可在床上确立王位
只要让自己谦卑，变得抽象

就会酣然入睡

体内的表格和账目
被统统倾倒
在里面重新置下园圃
爱一朵雏菊甚于大好前途

永别

在你弥留之际，我就不去探望了
你不喜欢人来人往
我不是医生，也不是牧师
无力回天

你的葬礼，我也不去了
作为普通人，你有未亡人
万一你是曼德尔斯塔姆，不止一人愿意
去扮那伟大的遗孀

而我则是那陌路，二十年来绝少把你想起
以地图册为家
流浪在自己风雨的中途

也许我会去你的墓前
献上一束顺手采来的野菊
遮住墓碑，就像遮住你病瘦的脸庞

记得当时年纪小
记得一封封手写信札在空中飘
绿色题头的纸笺，八分钱的长城图案邮票

每一个人都是将死之人
所有冬天只是同一个冬天
世间最终剩下的，唯有那把六朝送走的
流水与青山

寄自峡谷的信

我在西北的峡谷之中给你写信
而你此时在远远的、远远的东部

深入地球脑壳，探求伟大的记忆
峡谷里有密码和索引

岩石的波浪，岩石的脑回路
沾有时间的锈迹和青苔
天空窄细，阳光照进来，如一柄剑
使两壁斑斓

风在峡谷内部吹响萨克斯
巨石辐射出的凉，有依依惜别之意
峡谷有很多方式拼写出秋天
小野菊堵在峡口，等着被寒风撕碎

路过水洼，鞋袜沾湿
偶尔打瞌睡，恍惚回到少年
我要在此住一阵子，吃番薯度日
写一些并不发出的信
没有公务，没有生计，唯余自有永有的亘古

悲歌

大地上没有你的墓碑
你身在何处，或许挖土机知晓
人类文明的指南针和勘测器

能把你找到

哪里是你住过的地方
山坡上的窑洞，朝天空大敞

你不过是一个孩子
居住在童话里
大声说出了人人皆知的事情

你连一个信使都算不上
只有时间愿意为你抬棺

秋天越来越深，漫山野菊开得正好
没有野百合花盛开

等到大雪纷飞，埋在泥土里的根茎会发痒
除了羊蹄，没有谁来丈量雪深
除了信天游，没有谁知道天地的惆怅

在天空下

在天空下，我呼吸困难
在天空下，我锈迹斑斑
在天空下，我是一支行走的雷管
天空下的余生即是残生
天空如天花板
碾压我的天灵盖
脖颈的轴承，就要扭断
天空其实是一面仰躺着的水泥墙
有时发蓝有时发白
上面绘画的云和飞鸟都不动弹
天空太矮，想被顶礼膜拜
天空的认知越来越矮，欲与大地合拢
我想让天空抬高一米
我想为天空打开一扇窗或门
我想让天空塌陷
我想把天空捅出一个窟窿
流淌出星光和无限
天空，无论你发蓝还是发白
凭什么一直在我头顶上
让我呼吸困难

峪谷

我在峪谷里行走
我会独自走上一整天

两旁崖壁森肃，上亿年记忆
隐含着司芬克斯的脸
抬头望见天空卸下
云朵和深渊

红叶大都被吹落
几颗柿子在光秃枝头孤悬
玉米金黄，晾晒在石坡，几乎被阳光引爆

我向峪谷申请
一天往返，在瀑布旁休憩
我向峪谷申请
宽恕之心和遗忘之力

宇宙还在那里，不会被拆迁
想到群星灿烂，想到沧海桑田
所有痛苦都释然

疯友

一出房门，我们就开始奔跑
在空气中嗅到丁香

心脏并不是在匀速地机械地振动
它不是钟表，也不是马达
而是身体的国王
旗帜逸出体外，飘扬

我是你的疯友
疯癫里有庄严
像《雅歌》主人公那样满世界寻找所爱
累了就找一个溪谷坐下来，用比喻写信

我是你的疯友
脚不点地，活过半生
用正常人身上的疯子部分，去爱
离天空越来越近，离地面越来越远

你是我的疯友
把菜地当迦南
每天黄昏，俯身抚摸并亲吻秧苗
用跟写论文完全不同的语言聊天，叽里咕噜

你是我的疯友
混在人群里佯装正常，已有多年
当世界按顺时针或逆时针行走
你却直接从那个表盘圆心，直穿而过

自古射手爱水瓶
让我们来加微信疯友吧，并互相点赞

大峡谷

是谁，把这样大的苦闷，砌在了群山之中
第一眼看到它，想哭

如此孤立无援
不需要任何安慰

沦陷的沟壑，绝命的悬崖，上万册页的褶皱
试探着的深渊
均保持强硬之姿，以维持西风运转

所有骇然的断裂
都带着毁灭的勇气

地球竟有如此宏大的叙事
把腹腔硬生生地剖开
将脏器翻过来
矿物也有神经，受着煎熬

苦情的大地有着未卜凶吉的沉寂
怀有搬迁和移动的愿望
这是痛苦的最高级别
十字架上的受难开创了新世代

从顶部看，一台台宏伟的书桌安放
该供怎样的君王使用
而侧面陡峭成裂谷，形成伟大的贫困
由东到西绵延
模拟当时的疼痛、惊恐、耻辱和不屈服

岩石搬运着岩石的命运
时间在一块块红色峭岩里
因精诚而成为时间自己的墓碑

从中间横穿而过的那条河
怎样颠簸，怎样背井离乡，才能注入大海

一只俯冲的鹰为展示灵魂的风度
绷紧了空气的神经
一只大角羊奔跑过危岩
情急之中，把螺旋状犄角当号角吹

似一座巨城的废墟，亿万年之后
硝烟依然弥漫
那些神庙、寺宇和壁垒
膜拜着头顶的云
那些镶了金边的刺绣

爱恨情仇已经消退，这里静悄悄
仿佛睡着了，把天空当成分娩它的子宫
而此时，夕阳被峡口割断了喉咙
激烈的光芒几乎令世界失明

天文台

对星空的渴念如此焦灼
为了离天空更近些，天文台建在山顶

地球的瞭望台
等待星辰的风暴

圆形拱顶从内部模拟苍穹
天文台有一个朝向无限和永恒的天窗
时间和空间压缩进望远镜
光年是通往天空的征途

对星空怀了相思病
磅礴的孤独里夹了一丝清凉
那些星辰无牵无挂，可听得见地球上的呼求

天空不再枯索，太阳用金线编织草帽
患了感冒的月亮带着晕圈
火星上刮沙尘暴，土星系了金腰带
木星有棒棒糖的花纹
海王星和天王星在比试蓝和绿
金星步履缓慢，默念哥白尼和伽利略的名字

是谁拿着鞭子，像抽打陀螺一样
驱动这些星球，永不止息

星际交通拥堵，太空内忧外患
银河系出现了大裂谷
流星雨滑落，有耀眼的悲伤
计划在陨落之时尽可能地击中死亡
大地上峰峦肩并肩，风屏住呼吸

气体、尘埃和颗粒在茫茫黑暗中行进
惊心动魄地炸裂开来，使绚丽的呐喊充满宇宙
猎户座上的外星人
正举起望远镜朝这边观望

人类忙得四蹄翻蹬，使地球旋转得更快
并设想在太空中寻找一条新的轨道
如果地球倒转，太阳将从西边升起
有朝一日地球停转，能否造成人仰马翻

天文台思念星空成疾
在宇宙拐弯处站岗，与每颗星星促膝长谈
它的理想像诗一样伟大而无用

虽然有低于海平面的罪过
但是，上帝，请宽恕人类吧
看在他们喜欢仰望的分上

命运的诗歌的密码

THE CODE OF FATE AND POEM

提问：**佘小杰** 文学博士，青岛大学文学院副教授

回答：**路　也** 诗人

时间：2020 年 5 月

方式：微信

Question= 佘小杰

前一段时间热衷谈蒙克，最近又喜欢谈霍珀，有一次在电话里，他联系《圣经》，仅仅从“光”的角度，分析了凡·高和霍珀的区别，让我大为惊讶和佩服。

Answer= 路　也

Q 你读的书非常多，非常杂。谈谈读书与你的诗歌写作之间的关系吧。

A 读书是我度过生命的方式。我想不出比读书更好的度过此生的方式。读书比写诗重要，比旅行重要，比结婚重要。

这里所说的读书，专指为了快乐而读书，无缘无故地乱读书，没有任何现实功利目的地来读书。或许真正的读书本来就应该将快乐放在第一位吧。

多年前我与一个同学一起逛三联书店。我俩各自都买了一大堆书抱着，同时来到付款台前。她买了一大堆同一类型的书，全与电影有关，因为要写这方面的毕业论文。她顺手翻看了我那一大堆书之后，满脸疑惑，竟冒出来一句：“你有神经病吗？你的专业不是中国现当代文学吗？”我那一大堆书，内容没有固定主题，也不属于同一方向，完全东一榔头西一棒槌。记得我当时反问了她一句：“你才有神经病！谁规定的，我必须要有固定专业？”

有一次在一个大学里讲座，讲完了之后，私下里喝茶，这个学校的一个老师告诉我，讲课刚开始时，她以为我是搞哲学的或者学历史的，再往后讲，认为我是学欧美文学的，再听下去，认为我是搞中国现当代文学的，可是听到最后，又认定我是研究中国古典文学的，而且是魏晋南北朝文学或者唐代文学……然后她非常疑惑地询问我到底是搞什么专业的。我很害臊但又很真诚地说：我也不知道我究竟是弄什么专业的。

我来往的朋友们也大都与我同类。比如有一个朋友，刚相识时，我以为我认识了一个小说家，紧接着发现我认识的其实是一个哲学家，哲学才是她的饭碗，接着又发现她还是一个诗人，再到后来又知道她在电脑方面很精通，曾经以此谋生，于是恍然大悟原来我认识的是一个电脑程序员，前些年她认真地研究了两年美国军事问题，一直研究到俨然专家的样子，于是我忽然明白我认识了一个军事专家，再到后来呢，她又去学西班牙语，再往后，又正儿八经地去学习法律专业了，在大学里认真地修学分，我差不多等于认识了一个律师，这两年她的兴趣在法律的基础上又进一步演变成了侦探破案，擅长从逻辑学入手对刑事案件进行分析和公式表达，去年我们见面时，已经不谈文学不谈哲学不谈军事了……统统都不谈了，只谈破案的事情，我终于发现我认识的其实是一个侦探，她最近好像正打算写侦探小说。还有另外一个朋友，他在大学里任教，从不申报国家课题，几乎不写什么论文，本来是学中国古典文学的，忽然研究起书法，以书法为职业了，当成饭碗了，再到后来开始迷恋起写现代诗来，写了就发给我看，再到后来对西方哲学西方小说发生大兴趣，通读了黑格尔，通读了陀思妥耶夫斯基等等，最近忽然又转向，去研究西方现代派绘画了，还开设了专门的选修课，前一段时间热衷谈蒙克，最近又喜欢谈霍珀，有一次在电话里，他联系《圣经》，仅仅从“光”的角度，分析了凡·高和霍珀的区别，让我大为惊讶和佩服。

还有你，佘小杰，在我看来，你也是一个无缘无故乱读书的人，而且还是一个为了快乐而读书的典型，你的中国现代文学专业何曾限制过你。

举上面朋友的例子，是想说明，像我这样的人，还有不少呢，不止我一个，我并不特殊，我很正常啊。至少在我的周围，不乏同类。对于一个个体来说，这个世界上有太多的未知领域，如果发生兴趣了，为什么不能在有生之年去探索一番呢？“*我来到世界上 / 是为了看太阳和蔚蓝色的原野*”，仅此而已。

即使不写诗，也是要读书的，仅仅为了好玩也是要读书的。我有相当长一段时间在研读哲学和宗教，主要是为了弄清楚人为什么活着，当然结果仍然似是而非。至于读书与诗歌写作之间的关系，还真不好说。读书对诗歌当然有影响，但这种影响不是一时的，而是深远的，不是有形的，而是无形的，不是立竿见影的，而是潜移默化的。这个问题的最好答案和最具体答案，可能就在我的诗里面吧，让我的诗去替我回答吧。

Q 作为“路霞客”，你去了那么多的地方，这些自然山水与人文景观，这些游历，与你的诗歌创作之间是一种什么样的关系呢？

A 哈哈，路霞客，这是我给自己起的一个外号。古有徐霞客，今有路霞客。我手机上下载的很多 APP 的账户，都使用了这个名字。

其实我从小就是一个“摇街走”。据说，小时候寄养在姥姥姥爷家时，每到吃饭的时候，都不肯静静地待在自己家里吃，非得闹腾着端起饭碗跑到外面去吃不可，反正除了自己家之外，哪儿都可以。有一阵子，竟喜欢跑到村子外面去吃饭，要到距离村子三里之外的一个水库大坝上去吃饭才行，逼得大人只好端着饭碗扛着我去水库。那时候偶尔也会到父母工作的城镇去住上一阵子，天天吵闹着要去汽车站，那是一个省城近郊长途汽车站，在当年算得上是一个交通要道，到了汽车站，又想坐到柏油马路正中央去吃水煮花生。我姥姥踮着一双小脚，把我抱来扛去的，终于犯了高血压和脑血栓，瘫痪在床。我想，去水库，去汽车站，那应该是我人生中最初的对于“远方”的向往吧，那也是最早的“旅行”。

仅仅从动机和出发点上来看，这种“行走”跟诗歌写作之间可以说没有任何关系。如果我不写作，同样也会去旅行。中学时学地理，我对课本并不感兴趣，却独爱翻阅那些彩色的地图册，各类地图册被我翻看得韦编三绝，幻想着有朝一日把地球上那些地点都插上小旗子。如今我依然是一个地理迷，常常对着一张什么地图发呆，有时可以发呆上小半天。

对旅行的酷爱，可能跟我是射手座有关吧。在家里像个笨蛋，一出远门，就无师自通，什么都会做。我的星座和星盘都提示着，超级热爱异域文化，在旅行过程中尤其是在异国旅行时，会非同寻常地顺利，遇上任何困难都能靠自己迎刃而解，事实证明确实如此，甚至完全超出自我认知和自我预期。我出行前，也会忐忑不安，想象着旅途中可能出现的一大堆困难，但是一旦上路，就会左右逢源，易如破竹。我对自己这一点，其实也感到迷惑，也许每一个生命里面都有一些神秘性，自己也未必了解吧。

在旅行中，我有一个爱好：探访诗人作家的故居和墓地。我独自去过一些很偏僻很阴森的地方，有人觉得太吓人了，我却一点儿也不害怕，可能我这个人性格外向，身上阳气太重的缘故吧，并不怕去阴冷之地，我身上的阳气会将阴气驱散或

我对课本并不感兴趣，却独爱翻阅那些彩色的地图册，各类地图册被我翻看得韦编三绝，幻想着有朝一日把地球上那些地点都插上小旗子。

者中和。2019年秋天我在英格兰拜访了不下二十个诗人作家的故居和墓地。在西约克郡山中一个叫做 Heptonstall 的小村庄，在一个古老的教堂公墓里，我找到了希尔维亚·普拉斯的墓，一个人在她的墓前淋着小雨坐了二十分钟，接下来离开那里，赶往约克，在去往约克的途中，我一直害着偏头疼，就拿出随身带着的药来吃，当时想，莫非她的灵魂跟上了我？

独行，自由行，当“背包客”。这种旅行与其说是“穷游”，倒不如说是“苦游”。我并不是一个能吃苦的人，但是唯独特别吃得了旅行中的苦，并以此为乐。在异国，在他乡，在途中，前面每一步都是未知的，有一点小紧张小冒险，带来了漂泊感和流浪感，这恰是我喜欢的。在夏威夷，我住过那种男女混居的青年旅社，在一间屋子里，住了四女两男，既兴奋又害怕，回想起来颇为有趣。我还结识了一个想当作家的德国女孩，我们俩一起去了珍珠港，公交车要坐很多站，我们俩几乎同时从背包里掏出了一只 kindle 准备阅读，彼此都被逗乐了。在伦敦也住青年旅社，只是一个床位而已，斜上铺的女子是一位爱尔兰作家，一直在抱着

电脑写啊写。在波士顿附近，住过一家闹鬼的酒店，那个酒店里真的闹鬼，有多次的史料记载和录像做证。在泰国，酒店黑咕隆咚，电梯破旧，房间在走廊尽头，门还关不严，睡觉前我就从屋内把沉重的写字台抵到房门上。我最大的缺陷是不会开车，只能乘坐公共交通，凌晨四点独自乘坐过纽约地铁，而在公共交通不方便的地方，也搭过陌生人的车。我多次在飞机场的椅子上过夜，在机场椅子上待得最久的一次是在达拉斯—沃斯堡机场，航班延误、取消，又延误、又取消，再延误，再取消……不敢去住酒店，因为不知飞机何时起飞，后来终于登机了，准备起飞了，开始滑行了，忽然又听到广播，被紧急叫停，被轰下了飞机……那次我在那个机场候机厅里生活了两天，吃喝拉撒，带着电脑该干什么干什么，达拉斯—沃斯堡机场是我去过的最好的机场，高效，地勤人员超级敬业，免费 wifi 特别流畅，食物也好吃，我觉得自己快要成为《幸福终点站》里那个主人公了，干脆在机场候机厅里长住下来，谈一场恋爱或者找一份工作。我喜欢机场，机场是很有意思的地方，也总能给我激情。我在希斯罗机场 3 号航站楼离登机口不远处，发现一家书店，那里的收银员竟然是一位诗人，半价买了他的诗集，他给我题词，两人都生出了相逢何必曾相识之感。当然，途中也有不好的事情，比如崴了脚，比如被抢劫者设下圈套，比如丢失行李……但这些不好的事情，全都有惊无险，最后总以大团圆来结局。迄今为止，我在路上遇到的基本上都是好人，其中不乏伸手相助的人……所以，我认为一定有天使在暗中庇护着我，我这样讲时，一个朋友则反讽：“你都把天使给累坏了！”

与旅行有关的诗歌，不应该成为风景明信片，也不应该是行走日志，而应该是风景对于一个诗人内心冲突的承载。

假如我有足够的钱，估计我会去申报那种坐着宇宙飞船登月球的项目。当然，此生看来已经不可能了，只当是一个伟大的空想吧。有一次跟一个朋友聊天，想象死后墓碑的设计，我说：“我想把墓碑设计成一个拉杆行李箱的模样。具体来说，还要卡通一些的。”那朋友补充说：“墓碑的背面要雕刻上一张世界地图，把去过的地方都标识出来。”这个主意只是想一想，都觉得很不错啊。

这样的旅行，总会产生出一些诗来。也就是说，虽然从动机和出发点上来讲，对于我，旅行跟诗歌本来是没有什么关系的，但是从最终结果上来看，终究还是发生了关系。我想，两者的关系是这样的：诗歌并不是旅行的记录，诗歌也不应该是旅行的记录，但是诗歌写作者可以通过旅行，让久存在心底的一些情绪和经验被重新激活，精神的地平线被打开来，内在的激情会投射到途中的风物上去。比如，在一个荒僻旷远之地，一个人生命中潜藏着的冲突和苍凉，会突然被激发出来，并得以释放，这对心理伤痛有治愈作用，同时在诗歌中也会有所反映。

与旅行有关的诗歌，不应该成为风景明信片，也不应该是行走日志，而应该是风景对于一个诗人内心冲突的承载。所谓“记游诗”或者“游历诗”，其实压根就不存在，其实是一个伪命题，因为所有诗歌所写的都应该是也只能是诗人的内心激情和内心图像。

在涉及风景和游历的这类诗歌的具体写作过程中，我试图做出下列努力：从个人视角切入风景，以强烈的个人语调和主体意识使所写的风景被重新发现和重新定义，让它们从旅游手册中“复活”，从地图上“生长”出来，甚至还要与个人命运发生某种微妙的关联，生活中的诸多不如意似乎在遥远的大自然与人文之中得到缓解和治愈，印证着“宇宙是流变，生活是意见”，与此同时，要把这些诗写成既是感性之诗同时又是智性之诗，知识、趣味和幽默斑驳地渗透于风光的丰满细节之中，进一步凸显出这些风光所具有的精神背景和所携带着的文明基因，大自然与书卷气并不矛盾，那个著名的论断应该反复被同意并且证明：“诗人是文明的孩子”。最后，我最想做的其实是，借助这类诗歌渐渐地凸显出万事万物背后的那个被亚里士多德所命名的“第一推动者”“不动的推动者”，或者托马斯·阿奎那所命名的“第一动力因”“最初的动力因”。但愿我的努力在一定程度上抵达了目标。

Q 我觉得你这些年写得越来越好，你自己觉得是为什么？

A 我越写越好吗？我不知道。如果你认为我越写越好，那么我就继续努力吧。

我不喜欢待在一个安全的山头上不再动弹，即使大家都说那个山头风光无限好。我允许自己“试错”，对于诗歌的半径、诗歌的方向、诗歌的可能性……都需要去不断地去探索，才会知晓自己的潜力并最大限度地挖掘出自己的潜力。不能恐惧，必须要勇敢，就是莽撞也不要紧，没必要为了守护那莫须有的陈旧的名声而不敢越雷池一步。哪怕新开辟的这条道路是很艰难的，哪怕这条路通往的并不是桃花源。可是不去走，连试都不肯去试，怎么知道它的尽头是深渊还是天堂呢？我愿意一次又一次地像金蝉脱壳一样脱去旧壳，获得新生，使诗歌写作呈现出明显的“阶段性”。

每当我开始写作一首诗，我总是感到自己是一个从来没有写过东西的人，是一个完全的新手，刚刚上路。写了这么多年，我总觉得自己是一个小学生，永远也产生不了那种“得道高僧”的好感觉。

Q 我有时候觉得你在诗歌里炫耀自己的植物学知识和地理学知识，你自己有没有觉得啊？

A 好吧，我承认有那么一点儿炫耀，但似乎又不是故意的。

植物学知识，这里主要讲我在诗中出现植物的具体名称吧，这确实涉及给事物命名的问题。每当我看到一棵草，向别人请教这种草的名字，对方不知道，却一定要回答“它叫野草”，我就很生气。人家这棵草是有名字的，跟一个人一样，有学名，有乳名，有笔名，现在统统叫做野草，那就等于说人类也没必要称呼彼此的名字了，都叫“男人”“女人”“中国人”“外国人”“男生”“女生”“工人”“教师”算了。这样做，实在是不够尊重。在有网络之前，无法上网查证植物名称，也买不到帮助认识植物的书籍，我就买了一本《儿童植物图鉴》来看，那上面有错误，把迎春花和连翘给弄混了，后来我干脆买来插图版的《本草纲目》，有相当多的植物都属于中草药，通过中草药的图片来认识植物，也是一个好办法。当然后来有了网络，如今又有了智能手机上专门辨识植物的软件，比从前方便多了。2007 年，诗人潘洗尘他们搞过一个“天问诗歌公约”，其中有一条是这样的：“诗人是自然之子，一个诗人必须认识 24 种以上的植物，我们反对转基因。”这个公约很像是一个行为艺术，但其中这一条意义重大，其他几条的内容我都忘记了，唯独这一条被牢记，这一条深得我心。当然我认为认识 24 种植物太少了，应该认识很多很多，没有上限。我给学生讲诗歌，讲到大自然主题时，偶尔会布置一个作业，让他们列举除了菜市场上常见蔬菜之外的 50 种植物名称并且要在现实中认识它们的模样，我认为这对写作是有实际意义的。

地理学知识，这个我也不谦虚了，认领啦。我一直认为地理很重要，在我所写的论文和评论文章里，有好几篇是围绕着地理因素来谈论诗歌的，其中就有《白洋淀诗群的文化地理学考察》。我的地理知识确实帮了我。旅行，在我看来，不过就是把地图比例尺放大到了 1 ∶ 1 而已；在写作中，无论写诗写散文还是写论文甚至包括先前写小说，一些富有表现力的地理细节，都是我十分热衷的，我总是想方设法把地理语境变成文学语境。地理学的存在，是神秘的，其意义可能超过了目前人类的认知。

Q 你以前写了很多非常棒的爱情诗，现在很久没写了。我非常期待你会再写，因为我觉得再写的话，风格上会与从前有比较大的区别，你自己觉得呢？

A 爱情，是一个小领域，它不是诗歌写作的全部。诗歌的内容很多，所有永恒的主题都应该是诗歌特别关注的：死亡、大自然、爱情、人的存在。

我不后悔写了很多爱情诗。有恋爱可谈的日子，毕竟还是好日子。爱上一个人的感觉就是头晕的感觉，整个人都是飘着的，大白天走起路来也像梦游，两人会构成一个磁场，将外部世界屏蔽掉，于是地球只为两个人转动，月亮只为两个人升起，太阳只为两个人照耀，河流只为两个人发光，树叶

无论写诗写散文还是写论文甚至包括先前写小说，一些富有表现力的地理细节，都是我十分热衷的，我总是想方设法把地理语境变成文学语境。

只为两个人沙沙作响。真正陷入爱情中的人，大脑是恍惚的，神智是不清醒的。在这种状态下，是没法正常过日子的，甚至不能正常工作。幸亏一生中这样的疯癫状态不可能有太多，也不可能持续时间太长，否则这人生真的会被耽误了。

我不像过去那样一大组一大组地写那种典型的爱情诗了，但如今偶尔也会涉及爱情，散落在某一首中，某一节里，某一个行某一句里，现在所写的这样部分涉及爱情的诗，算是非典型爱情诗吧。

以后还写不写那种典型的爱情诗，由不得我，风格是不是与从前有区别，也不可知，有些事情真的是无法预料的。

我很少翻看自己从前写的那些爱情诗，偶尔看到，我会有一丝暗暗的惊疑：这是我写的么？我当时怎么会那样啊？

其实，我非常喜欢你的这个美好祝愿，愿在将来某个时候，再写出一大堆的爱情诗来。你的期待，也是我的期待。

爱是万有引力。“万有引力 / 是相互吸引孤独的力”。

Q 我知道你不是大山里走出来的孩子，但是山对你的诗显然有一定的意义，你觉得是作为自然的意义多呢，还是形而上的意义更多？

A 2014 年、2015 年、2016 年，是我身体最差同时心情也最差的三年。我嗜睡，凝水性昏迷，对一切都提不起兴致，直到 2016 年下半年才查出是患了甲减，已经十分严重了，不可逆转了，需要终生服药。这个病的发病过程非常隐蔽，不痛不痒，在查出甲减之前，我不认为自己病了，却搞不清楚到底怎么回事，只是觉得自己像一盏油灯随时可能会在风中熄灭，于是就逼迫自己天天往山里跑，去走山，以为这样能使自己“活”过来。好在这很方便，我所居住的城南，到处都是野山，山连着山。我有时约一两个朋友进山，有时一个人进山。有一年大年三十，整个白天都待在山中，一直待到黄昏，天开始擦黑了，才想起来还得过年；还有一年的正月十五，天已经黑透，我还独自待在半山腰，直到月亮升得很高了，才下山去。就是在这三年里，我写了一批与“山”有关的诗，发表时以及编排时，我把它们称作组诗《南山记》。这里的山，都是以我家附近的一座座野山为背景，它们属于泰山山脉，是泰山山脉往西北延伸的余脉。只要一走进山中，所有生理上和心理上的苦楚，似乎全都一下子减轻了。

那几年，不管春夏秋冬，我漫山遍野地跑，峰峦、谷地、岩石、沟壑、滩涂、坟茔、石屋、信号塔、防空洞、各种草木，还有黄鹂、野兔、刺猬、蝙蝠、松鼠……所有这一切，好像都在抚慰着我，后来又都到达了我的笔端。

毫无疑问，这里的“山”，基本上是指自然意义上的山，是大自然的一个重要组成部分，我并没有刻意地要把“山”当成一个隐喻来对待。可是，如此频繁而密集地写“山”，这个行径之中一定隐含着某种特定的心理机制，即使没有把山当成隐喻，山也不可避免地成了隐喻。

我一到山中，心立刻就会平静下来，忘记了山外的世界，世界立刻就与我无关了。我与世界失联了，我不再属于世界。确实是那样，“闭上双眼，世界就与我无关”，在我这里被演绎成了：“进到山中，世界就与我无关。”“山”在某种程度上成了一个避难所，一个庇护所，一个高台，一个堡垒，一个山寨，一个依靠。

其实，在《圣经》里，很多重要的事件都发生在山上，山是属灵的寓所，与“山”相对立的是“平原”和“世界”，也就是说，山上的生活是属灵的生活，平原上的生活是属世的生活。诗里的山本来是自然界的山，但是写着写着——不知不觉地，确实是在不知不觉之中——可能已经被赋予了某种特别的含义，连山顶上的信号塔也具有了先知的职份，负责在上帝和人类之间传递着信息。是的，一切都是在悄无声息地发生的，自然界的山，同时也成了形而上的“山”，“我要向山举目，我的帮助从何而来？”

从这个角度来看，山确实是象征，也是隐喻，我从山上获得了一种“从今往后”的姿态，获得了“忘记背后，努力面前”的力量。

但是，在刚才这样一番自我解读之后，我又有了顾虑，又想马上把以上这些解读全部推翻。诗从根本上是无法解读的，尤其是自己解读自己，是可笑的。文学有自己的规律，形而上的意义一定是自然而然地呈现出来的，而不会是刻意追求来的。刚才我的一番解读，只是事后诸葛亮式的，其实我当时在写这些诗时，并没有想到这些，也不可能想到这么多。

Q 我觉得你近几年的诗歌里，不太有前些年那种比较尖锐的性别意识了，你觉得呢？你认为这和什么因素有关？

A 过去那种比较尖锐的性别意识，是很真实的，属于一个人生命的正常阶段。很多时候的那种反应其实是出于本能。忽然想起《两个女子谈论法国香水》这首诗，那是我在二十多岁时候写的，那首诗里直接提到了你的名字，“我和佘小杰坐在下午的书房里 / 认真地谈论起一瓶法国香水 / 就像谈论一宗核武器……”那首写于上个世纪九十年代的诗，里面的性别意识，就是在今天读起来仍然称得上是尖锐的。那时候，我在有关方面真是太敏感了，常常一个火星就不小心引爆一个军火库。

我同意你的看法，我近几年的诗，无论从整体还是从局部来看，性别意识确实没有从前那样尖锐和偏执了，而是比从前更宽厚，更包容，更轻松。现在的作品中，这种性别意识其实并没有消失，只是悄悄地发生了一些变化或者转化。

究其原因，第一种可能的原因是，随着生命成长和视野开阔，从过去对于“女人”的关注更多地转变成了对于“人”的关注，因为“女人”的问题没有解决好，在很大程度上，其实是因为“人”的问题还没有解决好；男人和女人由于性别不同而导致了行为方式有差异，但男人和女人又都是人，从人的角度，男人和女人又终归是相通的，于是，写作者可能有了超越男女性别的更高追求。第二种可能的原因是，这个性别问题过去在我这里是一个外在的问题，而现在这个问题已经被内在化了，或者说，由过去的显性问题演变成了如今的隐性问题，同时也更加坚定了。

还可以想到其他一些可能的因素，比如，这种性别意识不再主要通过诗歌渠道而是改换成通过另外的其他渠道来表达了，还有，生命自身的主旋律发生了改变。

总之，作为女性的人，固然是重要的，然而，作为独立的人和个体的人，又比性别意义上的人更重要。

Q 我个人特别喜欢《城南哀歌》，不光是因为它特别丰富优美，更因为它“很路也”，对你来说算不算是里程碑式的作品？

A 我个人也很喜欢这首诗。这首诗写于2014年。那一年我的个人生活和内心世界都正在发生着急剧的变化，天翻地覆慨而慷。在撕裂的痛苦和灭顶的绝望之中，我写下了这首诗。它是否该算做我诗歌写作生涯中的里程碑，我不知道，但它对于我，确实很重要。也许，似乎，在我的前半生和后半生之间，就隔着一首叫做《城南哀歌》的诗。我用这样一首长诗在前半生和后半生之间画出了一条界线。这首诗与其说写了自己的生存状态，倒不如说写了自己内心的历史。这是一首否定之诗，也是寻找之诗。写诗的人仿佛经历着核裂变，其中有下坠，有炼狱，有上升。

在这首诗中，一些缺乏诗意的经验被运用被开发，变成了诗。里面有我的日常生活，有我的心理状态和灵魂状态。在别人读来可能是“虚”的部分，对于我很可能只是写实，是有据可查的细节。写作这首诗的时候，起初仿佛行走在一条狭窄的小路上，一直走，一直走，渐渐地，有深渊，有峡谷，有绝壁……但是走着走着，开始越走越敞亮了，最终走到一条宽广的大路上去了。没错，这首诗就是从小路走到了大路上。我想用这样一首长诗来解决我的“困境”，也许这困境不仅仅是属于我个人的。我想用这样一首长诗来进行自我的“救赎”，当然我救不了我自己，我需要依靠更高的力量。我想用这样一首长诗来回顾和概括一些重要的个人经验，并由此表明“日光之下的有限性始终在有形无形地趋向日光之上的无限性”。

这首诗发表之后，有不少人向我表示非常喜欢它。这么长的诗，有一个读者竟然用毛笔在宣纸上把它从头到尾地抄写了一遍，装订成一卷线装书，邮寄给了我。我保存着这个独特的版本。

我并不擅长解释自己的诗。我现在所讲的这些，其实远远不如我在这首诗中表达得那样清楚。诗人只负责写诗，并不负责解释自己的诗，因为诗人自己也解释不了自己所创作的某一首诗的意义，一些幽暗的胚芽，是无论如何也说不清楚的，甚至一解释就会冲淡了诗的内核，越说越偏离本质。反正诗歌是用来感受的，而不是用来理解的。

Q 你曾经为大白菜写诗，也经常标榜自己会做饭，爱美食，但我觉得你其实是很鄙视世俗的。你觉得呢？

A 嗯，还是你真正了解我啊。我在 2003 年写过一首诗叫《晚宴》，是写我怎么围着锅台做饭怎么热爱生活的。这首诗去年被发到我们大学同宿舍同学的微信群里去了，天哪，大家那是什么反应啊，都在哄笑：有的人百年不遇地做了一次饭，就把自己做饭的事写进诗里去了，竟赚得贤良之美名，而我们天天做饭，没有写进诗里去，也赚不来贤良美名，我们这些年的饭都白做了。大家一致认为我是在“表演”做饭，大家“批斗”我，认为我欺世盗名，有些“遍身罗绮者，不是养蚕人”的意思。

幼年我在农村生活过短短的那么几年，至今回忆起来，都是田园牧歌，这跟很多人记忆中二十世纪七十年代惨淡的农村生活全然不同，为什么？这里有一个审美距离的问题，因为我知道我不属于那里，我知道我是客居，很快就会离开。做饭亦如此，我家里只有我一口人，一人吃饱全家不饿，做饭不是我的义务和责任，我不需要伺候任何人，我可以做，也可以不做，我高兴才做，不高兴就不做，我可以把做饭当成玩耍或者行为艺术，正因为如此，才从做饭中发现了诗意。

我为大白菜写过不止一首诗，其中光标题里有“大白菜”字样的，于少就有两首，一首《大白菜》，还有一首《抱着白菜回家》，其他没有出现在标题里而是出现在内文里的大白菜，还有好几处。选择大白菜做意象，可能是因为大白菜离我的日常生活太近了吧，北方人冬天总是没完没了地吃大白菜，“上顿白菜炒豆腐，下顿豆腐炒白菜 / 外加一小碗米饭”。在我的诗中，冬天的大白菜只是一个载体，用来承担风风火火的情绪与经验的那么一个载体，并不意味着我要囤积大白菜来踏踏实实地过日子。

即使要表达形而上的内容，也得从日常生活入手，飞机要克服地心引力飞向天空，必须要有一个大地上的跑道来供它助跑。正如曾经有人建议，好的诗人应该像哲学家一样思考，像厨娘一样说话。道理不需要赘述。对了，连耶稣讲道，讲那样天大的道理，都不排斥使用世俗生活日常生活中的细小事物来作比喻或者打比方呢，像麦子、无花果、葡萄树、百合花、麻雀、芥菜种、灯在斗底下……都被使用过，那么，我们写诗，也就不必排斥使用大白菜这一类的意象了，不必排斥通过写做饭来表达自己的意绪吧。

毫无疑问，无论从价值观来讲还是从个人行事风格来看，我确实一直都鄙视世俗。但是要想登天，得以从天上俯瞰世俗，就需要一架向上的云梯，而这架梯子必得放置在脚下这片大地上，以这片大地为底座。以上所讲的两层意思，其实是对立统一的。

Q 传统社会里向来认为年龄是女人的敌人，但是我觉得在你身上，时间与年龄完全是一种正面的力量，它让你越来越丰富，激情也并未退却，让你成为一个更好的诗人，也是一个更美的女人。你觉得呢？

A 你提了一个姥姥不亲舅舅不爱的问题。在这个问题上，如果故意低调一些，把姿态尽可能地放低，就会很讨巧，使得同性喜欢，更重要的是，也会讨这个男权社会的喜欢。被这个男权社会喜欢，会生存得相对容易一些。如果在这个问题上显得高调了，或者没有高调，只是怀着平常心说了平常话而已，也是会被说三道四的。我这些年在一些具体事情上早已领教过了。但是当一个人从来就没打算去讨好或者去迎合的时候，别人爱说什么就说什么，也就无所谓了。刀枪不入，谁也伤害不了自己。

年龄和时间，对于男性和女性，其实具有同样的意义，完全是平等的。这是明摆着的，就像地球围着太阳转一样，就像两点之间线段最短一样，还需要去论证吗？大概是人口太多了导致人均空间人均资源不够而被逼无奈得要竞争上岗的缘故，中国人比任何国家的人都更喜欢拿年龄来说事或者拿年龄来做文章，而女性又比男性更弱势，所以传统社会不敢把男人怎么样，于是就喜欢把年龄问题当成一把明晃晃的利剑专门悬在女人头顶上，天天吓唬你，警告你提醒你，让你随时担心那柄剑会落下来，一剑封喉。多少鸡汤文，都在没事找事，找女人的茬子，说三道四，真的是太累了，去他的吧，who care? 加拿大女作家门罗曾被一位不喜欢自己的男作家戏弄：“你的故事写得不错，但我不想跟你上床。”门罗则轻蔑地回击：“谁邀请他了？”不管这则轶事发生在一个什么样具体背景之下，反正门罗把那居高临下指手画脚的人给硬生生地怼回去的这股子潇洒劲儿，我喜欢。

不喜欢度量衡，最恐惧跟那种时时刻刻都拿着度量衡的人打交道。就是不喜欢别人手中拿着一个既定的框子来往我身上套，凡是能装进这个框子里去的部分就是好的，凡是装不到这个框子里去的那些旁逸斜出的部分，就是不好的，这不好的部分就是我的错……所有问题都如此，在女人的年龄和容颜问题上也是如此，可是，为什么不质疑那个框子呢，为什么不是那个框子出了错呢？刻舟求剑和郑人买履，批评的不正是这类刻板印象主义者和模板主义者吗？

美国哲学家约翰·佩里把人分成两类：叠放型人士和平摊型人士，前者是把一切事物都收拾停当，归入秩序，分门别类地存放进文件筐，有条不紊地去处理；后者则完全相反，把一切事物都平摊在眼前，一旦事物按所谓秩序来归类地存放了，就再也懒得去理会，再也不去碰那件事物，甚至再也想不起那件事物来，于是只有一再拖延下去。我毫无疑问属于一个平摊型人士，家里东西全都平摊着，一旦放入柜子箱子抽屉盒子，总之只要进了任何容器，也就是说只要被收纳起来，就与我再也没有关系啦，我懒得动，而且会彻底忘掉。无论从感性上还是从理性上，我都不喜欢去理会那些被分门别类之后又叠放起来的事物，更不喜欢自己这个人被归了类，放置进一个“盒子”里去。多年前，日本人做过一个实验，把出生的小猫放进方形的盒子里去，让它一直在盒子里吃喝拉撒，就这样渐渐长大，后来这只猫就长成了“方猫”，没人愿意被长久地关在一个盒子里去，最终成长为一只方猫吧？鲁迅先生有一篇杂文叫《匾》，讽刺那种胡乱套用现成的名词来给事物下结论贴标签的行径，文中提及两个近视眼比视力，争论关帝庙刚刚挂上的匾额上写的是什么字，两人争执不休时，过路人却告诉他们那块匾还没有挂上去哩。

一个又一个有形的或者无形的“度量衡”“框子”“盒子”“匾”，究竟是什么？它们就相当于一个又一个概念，这些概念不是为了认识你理解你，而只是为了限制你，我很惧怕自己被一个个概念所测量或者框起来或者收纳起来或者粘贴上身。身为女人，有太多的这样的“度量衡”“框子”“盒子”和“匾”在等着你，从一开始，它们就等在那里了，像陷阱一样等在那里，阻止你成为一个独立的人和个

我床头上挂着一个布娃娃，披头散发，深肤色，扁平脸，塌鼻子，单眼皮，两颊还长着小雀斑。

体的人。在信仰、法律和必要的规章制度之外，在现实生活之中，总有人喜欢给自己设限，同时也要给他人设限，我特别受不了这样那样的“设限”，遇到类似的人与事，我会本能地感到烦闷和恐慌，于是尽可能地躲避，或者干脆逃跑。

我之所以成为今天的这个样子——不管这个样子是好还是坏，不管这个样子是让人喜欢还是讨人嫌——都是我面对种种“设限”，一直躲避一直逃跑的结果。

我不得不说，你作为我最好的朋友之一，对我有着偏爱，所以得出“更好”“更美”的结论。我就把你的话理解成“心灵美”吧。其实，我对于自己长相的评价是：其貌不扬。这里可不是故作低调，只是客观表述，实事求是。从小到大，容貌问题从来不曾困扰过我，我长得很给自己节约时间，也给别人节约时间，既不必因貌陋而气馁，也不必因貌美而格外防范异性，不会因追求者众多而劳神烦心。我一直认为，无论男女，其貌不扬的人最适合从事文学创作。随着年龄增长，这个本来就不是问题的问题，如今几乎已经变成了零。美人迟暮，美人迟暮，而我又不是美人，于是从无迟暮之感，所以自由。看来，我得感谢父母把我生得其貌不扬。

我床头上挂着一个布娃娃，披头散发，深肤色，扁平脸，塌鼻子，单眼皮，两颊还长着小雀斑。我很羡慕她脸上的小雀斑，觉得好看，生机勃勃，恨不得找画笔往自己脸上也点染上那样的小雀斑。说实话，单就长相，我与那个布娃娃其实并不像，奇怪的是，我却与她神似。我妈这样说我，把这个布娃娃挂在床头上这么多年，难怪本人也跟她越长越像了。八十年代特别流行一种玩偶，叫“丑娃娃”，我床头上挂的就是类似的这么一个丑娃娃，我从来没喜欢过芭比娃娃。看看吧，其貌不扬的人，连家里摆放的玩偶都是其貌不扬的。

至于人人都要面对的时间和衰老，如此公正的事情，不必过分纠结。在这里，要引用一下使徒保罗的话：“我们不丧胆。外体虽然毁坏，内心却一天新似一天。”

Q 作为一个射手座，你觉得你的星座气质与你的诗有关系吗？

A 我在一首写济南的长诗《老城赋》里提到过那些与这个城市相关的文人，并设想以星座来划分章节写一部文学史。一个人的艺术风格往往与其所处星座有极大关系，如果以一个人的详细的星盘特征来解读其作品，进行文艺评论，基本不会出错。

布罗茨基认为人类对于世界的认识方式有三种：分析、直觉、天启。诗人这三种方式都使用，而且后两者使用得更多些。星座就应该被归入天启的范畴。喜欢谈论星座的人可能好奇心较重，有些神秘倾向，相信在这个上帝创造的宇宙中，行星运行、大自然变化以及个体生命之间会存在着某种联系和一定规律。诗人叶芝就是一个神秘主义者，他写过一本很奇怪的书叫《幻象》，以此来谈论人类历史命运和规律，书里涉及星相学。

我对星座只是感兴趣，觉得好玩而已，钻研并不深。我就是一个贪玩的人，无他。我没有把星座看成文化，也没有看成时尚，更没有看成占卜，我把它看成是一种客观存在。看哲学书，顺便看到作者生平，发现世界级大哲学家基本上全让金牛座们给包揽了，我们只能想到极个别大哲学家竟然不是金牛座的。读某个人的文章，发现语速过快，一查，怪不得啊，射手座，想慢下来都难。读鲁迅书信集，发现与他通信的好友全是风相和火相星座的人，被他骂的人全是土相和水相星座的人，太有趣了，由此可见鲁迅是个性情中人，也是非理性的。鲁迅与周作人的矛盾，看了文学史上那么多解释，最后我认定有一个内在因素被忽视了，鲁迅是天秤座，周作人是摩羯座，本来就是死顶的嘛。谈恋爱找对象，常常说，跟这个人有感觉跟那个人没感觉，其实就是在找星座星盘与自己合适的人而已。在西方，风相和火相的人更受欢迎，而在中国文化里，土相水相星座的人生存得更好，当然，五四时期是一个特殊时代，新文化运动主将们则以风相和火相的人居多。

至于我自己，太阳落在射手座，月亮落在了天秤座，上升落在白羊座。血型O。如果对星座略懂，就知道这个组合意味着什么。

各个星座之间没有高低贵贱之分，正因各具特点，才组成了这个气象万千的世界，缺少了哪一类，都不行。在日常生活中，对于人与事作判断时，星座只能仅供参考，绝对不能以星座取人或因星座废人，当遇到跟自己合不来的星座人并且真正产生了现实冲突时，也须默念“要爱人如己”，甚至，“要爱你的仇人”。

至于我自己，太阳落在射手座，月亮落在了天秤座，上升落在白羊座。血型O。如果对星座略懂，就知道这个组合意味着什么。这跟我的诗歌之间的关系太大了。我为什么写这样的诗而没有写那样的诗，这个星座组合里就有答案。简而言之，这个组合的人，就是一个单纯、热情、话痨、直来直去、自由散漫、独来独往、越挫越勇、祸从口出、不计后果、神经大条、以破坏秩序为乐、大手大脚地寅吃卯粮、有着华茂的质朴、有着一往无前的深情和热烈、因健忘症而从不记仇、拖延癌晚期、不说话时像个傻子一说话就像个疯子、被多少人喜欢就被多少人讨厌、东跑西颠不知疲倦、大部分时间笑嘻嘻小部分时间沮丧的二百五，这是类似《古诗十九首》或者汉乐府民歌一样的气质。我这样说，没有褒，也没有贬，只是客观陈述这个星盘里携带着的信息，这是命运的密码，也是诗歌的密码。

在黑暗中，如一万条歧路般无常
这身体，方才还是一座恢宏的舞台

张二棍

+

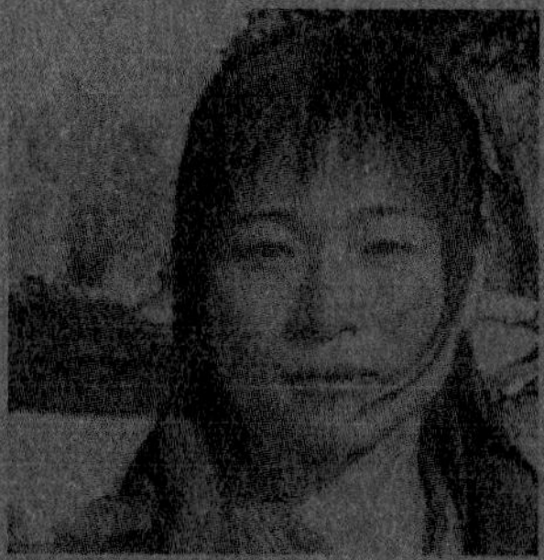

这冥想的一夜
让窗外的 整个世界疑窦重重
又让案头的 一只空碗，风起云涌

郑小琼

风车

风在他手上留下挺好看的形状
他还在打磨，把思想
一遍遍地转动，像是给他自己
画了很多句号
而远处，灯盏留给他
足够的空间

The windmill

张二棍的诗

张二棍 | 本名张常春，1982 年生，山西代县人。出版诗集《旷野》《入林记》。曾获《诗刊》年度青年诗人奖、赵树理文学奖、《诗歌周刊》年度诗人奖、华文青年诗人奖、《长江文艺》双年奖、海子诗歌奖等多种。

酒局上的招魂

众声喧哗。酒桌上只有我一个
写诗的人。某人问我
你写过什么，另一个肥头大耳者
却要我朗诵。我一一答应了
我说，我写过《将进酒》。接着
用呜咽的声调，我一口气吟诵了
那么多我写下的诗歌，我读完《新安吏》
又读《长恨歌》……我看见他们
恍若千年之前一样，对着我
肆无忌惮地笑。我看见
觥筹交错的桌边，无数荒冢在笑
白骨在笑，唐三彩在笑，金缕玉衣在笑
而我招魂般的嗓音里
风和，天气清
一个个我的诗人兄弟，已渐次复活
且，群贤毕至

麦田

永远是夺目的金黄，却永远无法收获
一片麦田，摆脱了皮尺的丈量
所以足够辽阔，让每个驻足的人
都为之震撼，并在内心
筹建着各自的粮仓。画中的小径
几百年了，尚有昨夜的泥泞。车辙新鲜
宛如，刚刚有马车驶过。驾车的人
一定是个老手，可能是去娶亲，也可能去
送葬……这有待考证。远处的尖顶教堂
影影绰绰，仿佛随时会消失
我站在这画前，屏住呼吸
听见了，唱诗的声音
顺着风，穿过世上所有的小路
也穿过，麦田前的玻璃框
来洗礼，一个永远徘徊在
异域的，陌生的我

脑海，即苦海

夜深了，一个人盘踞在
悬崖般陡峭的冥想里
时而粉墨，时而剃度
这百无聊赖的身体
在黑暗中，如一万条歧路般无常
这身体，方才还是一座恢宏的舞台
现在，就化成了一爿坍圮的寺庙
这皮囊，时而蟒袍玉带，时而百纳千补
这脑海里，有多少露不出的马脚
就有多少遮不住的羞。这脑海里
婚礼进行曲还没有结束，就从
不知名的某处，又传来
一阵阵哀乐
这冥想的一夜，让窗外的
整个世界疑窦重重，又让案头的
一只空碗，风起云涌

雪人

终于堆成了一个，与世上所有的雪人
都不一样的雪人。终于让一个雪人
拄着文明杖，打着领结，戴着墨镜
仿佛他很有教养，仿佛他已
经历过人生，拥有家室、儿女，和自己的事业
他坍塌的那一瞬间，我的胸口仍然
绷了一下。但已远远不像
那些常见的，傻瓜般的雪人
更让我揪心……
它坍塌得那么从容，安详
仿佛它觉得，被堆成这样，这辈子值了

轮回

我也有了，老一辈人
才该有的抠门。我迷恋上
把一张张零钱，压在枕头下
像我祖父在世时那样，翻出来
数一数，再放回去
他无数次说过：
钱是有翅膀的
他总以为，一个人清苦一点
钱，就不会飞走
可他到死，也没能
用零钱，塞满自己的枕头

他死后，更无法阻止
纸钱漫天，纷纷扬扬

归去来

关门之后，如果我永不归来
我的房间里，即便出现犀牛、森林、法师
一头睡眠的鲸鱼、两颗正在相撞的彗星
也绝不会有人发现。如果我
永不归来，瓷杯里将海浪汹涌
每一片残茶，会成长为一片孤岛。而书桌上
几页手稿中提及的那些人，也会
从纸上，跃然而出
他们形形色色。会相爱，会争夺，会流泪
……一个没有主人的房间
就会诞生律法、刑场、瘟疫
为了阻止一个新的世界
我每天，都一次次掏出
这把，陈旧的钥匙

外星人记事

惊人的丑陋，伴随着惊人的智慧
看上去，他对美食和烟草
并不钟情。他的飞翔，无需翅膀
那么，飞翔的快乐就无从体验
他不需要婚姻，以及爱
甚至，拒绝了房子和家园
那么，这苦行僧一样的外星人
又如何比得上，窗外那群
叽叽喳喳的麻雀。他以恒星的光芒
为食，小小的身体，如同一个
没有味觉的黑洞。昨夜
这个飞天遁地的外星人，光临了
地球，和我告别的时候
他很客气，“先生，你诉说的快乐
我从未体会。也许只有死亡
才算寻欢作乐。欢迎你参观我的葬礼。”
说完，他就如流星一样，熄灭了自己

山村里的神树

一棵柳树，足够老了
就会被系满红布条
红布条足够老了
就会褪成，白布条
远远望去，一棵系满白布条的柳树
没有一点点神气。在腊月
它佝偻着，挥舞着细细的枝条
不停抽打着身上的褴褛
再远一点儿，望去
它背后的小庙
灰土土的，像摆在那里的
一口旧瓷碗，向我们
讨要着什么

郑小琼的诗

郑小琼｜生于 1980 年，四川南充人，2001 年南下广东打工。作品发表于《人民文学》《诗刊》《独立》《活塞》等。有作品译成德、英、法、日、韩、俄、西班牙、土耳其、越南、印尼、尼泊尔等语种在国外出版。出版诗集《女工记》《玫瑰庄园》《黄麻岭》《郑小琼诗选》《纯种植物》《人行天桥》等。作品获得多种文学奖励，曾参加柏林诗歌节、鹿特丹诗歌节、土耳其亚洲诗歌节、不莱梅诗歌节、法国“诗歌之春”、新加坡国际移民艺术节等国际诗歌节，其诗歌多次被国外艺术家谱成不同形式的音乐、戏剧在美国、德国等国家上演。

等待令人生疼的流水线
将我的眼与手毁灭
堆积的塑料在我的头颅
里发泄疯狂的黑夜

星星分割渍迹斑斑的天空……

透过顶针，星星分割渍迹斑斑的天空
机器压榨着月亮，在雾霾结结巴巴
研磨机跨过铁制的夜晚，黏稠的梦
车刀穿过的棱角，从孤寂的喧哗浮出
污染的天空濒死的星星，凝结
时间的波纹与工业的毒素，黄昏伤害
褐色的落日，从灰暗的黎明剥下黑夜

显示器的光标分割迷茫的铁管与晶片
乏味而累人的二极管，收藏荧光的忧郁
雨水淋湿机台的油漆和溃败的内心
五月扇动银色的羽翼，喷涌的化学药品
在玻璃瓶分离、提炼，紫色的春杜鹃
在工装或者劳动合同里，我辨认铁片
塑料、灰烬的青春、电子的烟雾

白炽灯分割斑驳的五月和少女的脸孔
在金属的空壳上装配螺钉、线路板
虚空的容器布满数据线，五月漆满
初夏的星辰、孤独，一只受伤的鸟
在窗外坠落，天空游荡的尘埃与异味
炉火间爆烈的气体陷入长久的悲伤
顶针孔，星星滑向黑暗的更深处

灯

蚊蚋与疲惫污染的夜，信号灯
在野蛮的车间投下虔诚的叫喊
螺母拘禁轴承螺杆，车刀扩展
悲伤的形状，刹车片治愈伤痛
黑色螺旋桨粗暴地将叶轮伸向
群蜂汹涌的头颅与疑惑的女工

金色齿轮在天空中歌唱，雪沿
铁轨铺满白昼的锁孔，蒸汽机
低吼声穿过野罂粟飘荡的旷野
汽车轮渡在运送着古老的罪孽
发动机的鸣响盛开尖锐的花朵
飞蛾跨过轮轴混乱不堪的节奏

光裂开黑夜，星火交错的天空
柴油机中启动生锈虫蚀的黎明
梦想被折断塞进料斗，搅拌机
混合我衰败的年华、蕨类植物
穿过生活的深渊，反讽的月亮
状如鲸鱼骨头的碎片发出讯号

羽毛

屈服机器的月亮，它的忧伤照亮
坠落的夜晚，它与一枚钉子相伴
被黑暗钉在深处天空，白色羽毛
飘落车间，覆盖住流水线和我们
轮毂带着积雪从大地上辗转而过
后视镜的铁轨消失在灯火辉煌中

当夜占据天空，我从镜子中寻找
孤独的欢乐与白昼，破碎的面孔
浮出古老伤感，痛苦凝聚成水银
月亮闪烁的山丘，指示灯分叉的
道路，三角铁敲打出沉默的寂静
它沉重的履带融化于光线的柔和

夜拉长人间悲苦，迷茫没有界限
灯火的车间，断指的血凝固伤感
连杆器转动，孤独卷入苦涩的铁
短暂的喜悦穿过齿轮疲惫的喧哗
钥匙插进窗外的荔枝林与月光里
命运像羽毛飘荡于蔚蓝的忧伤中

从太阳拖出冷漠的月亮

从太阳拖出冷漠的月亮，在窗口
照耀喧哗机台油腻的诗歌，我切开
一枚次品的螺钉，洁白而坚硬的躯体
月光融化黑色的液体，阴凉处
失业者疲倦如一株秋霜后的卷叶草
低萎着头走过，生锈的机台疲倦于
转移的订单。没人修剪的三角梅
伸出一段强烈的生命，红色的花朵
涌动，他在树枝下，这是十月
秋天凝重而阴郁，远处的棕榈举起
宁静的天空，刺篱唱着合金的歌谣

从固执的机台眺望月亮的圆缺阴晴
狭长的夹头不知疲倦地咬住铁
警示灯的阴影，汗水的火焰被熄灭
它们像一排孤独的守夜人站在车间
无休无止地重复自己的声音与形状
短暂而坚定的表情令我寒冷而迷茫
错综缠绕的线头，命运宛若嘉陵江的
灯芯草与苦荞麦，窒息的无尘车间
傍晚带来风，它们迅捷穿过我的额头
我从料槽取下时间的残余，塑料的剩渣
一只黑蝶振翅穿过细叶榕树的黑根须

在深夜，从一根铁钉中寻找……

在深夜，从一根铁钉中寻找黎明与梦想
剥开油腻的喧哗，让薪水、孤独、厂房
雪、钉子……呈现，图纸与松针，时间
与锈，防腐剂与青春，交错起伏的气压机
将生活碾成模具清晰的身影，它喘息
图纸上的迷茫，塑胶与雨水，你从机台
取下月光、霜和秋天。窗外，树枝从天空
捕捞鸟鸣、星辰和露水。远处，海水狩猎
珊瑚、鱼群和风暴……

在黎明，从美国狭长的订单寻找鞋子
衣服、电子元件、录像带盒，铁环与
钢钳……铁扳手改变命运，货架上
泰国、日本、法国、菲律宾……依次
排队站好，等待出货期，一张剪裁的
合格纸上，我写油污的诗句与虚妄
将命运与未来依靠在一把螺丝批上
液压机的指示灯闪烁，电线向冬天
传送着光与热，乌有而模糊的次品

在黄昏，从火花塞喷出古老的墨汁
气垫舒缓铁片与机器的疼痛，胶布阻止
伤口的血，为理想熬夜的灯绷紧苍白的
脸，一只被污染的蝴蝶穿过受孕的天空
飞蛾迷路在雾霾，它们凌乱而肮脏的翅膀
疲倦地扇动，打桩机砸向大地的巨响
灰树叶积满工业的灰烬，职业病汹涌
暗处的星星失去细微的感知，只有一枚
病月亮在天空里咳嗽……

车刀剖开玻璃上的寂静……

车刀剖开玻璃上的寂静，树尖捣碎了太阳
我在黑暗摸索螺钉的尖锐，刺伤我的黄昏
等待令人生倦的流水线将我的眼与手毁灭
堆积的塑料在我的头颅里泼洒疯狂的黑夜
钉满星星的天空中飘浮着午夜断裂的幽冰
打桩机锤打着岩石的深处，我从薄月光上
取下枯竭玫瑰和血迹，钢铁河流呼啸而过

水银的雾在窗口聚积，白炽灯绞死了月亮
我从矿道里挖掘煤矸石，伤害的肺叶咳出
带血的黎明与疼痛的金牛座，风压弯夏日
血管积聚的矿渣吞没肌肉里的活力和神经
天空肤浅得剩下忧郁的阴霾与焦黄的疾病
白色绷带裹住受伤的落日，被污染的寒溪

藤蔓残败的根茎与血管遍布重金属的瘀伤

蝰蛇咬住曙色，用勺子舀出机油间的黎明
梦在锈迹的顶针蹒跚而行，命运碾碎了雪
丝攻铁屑布满灰色天空，标卡固定好命运
躁动不安的齿轮被重轭的生活压在塑胶下
铁器拖着生锈的星辰走过栅栏禁闭的大海
烤漆悬架挂上一排排被雨水切割好的树木
在冷漠而喧哗的五金厂将昼与夜涂于年轮

自然的阴影

螺丝拴住落日，从钢针孔降临薄暮
向我身体的地图洒下一片清辉
螺母细长曲折的纹路，橡树缓慢生长
白鹤在线切割机无形的斜坡振翅
我疲惫地朝它明亮的阴影倾斜

连接器把橡胶的波浪推给大海的订单
火花塞震动，在螺丝沉默的尊严
扳手固执地拧着，分配器瞬间出现
迅速插进链条的躯体，电动机野蛮地
与世界抗衡，改刀将变异的天气修正

执行器严谨的句法，让铁与塑料完成
修辞的蜕变，从原料到零件，钨钢刀
在它们的身体留下溃烂的伤口
用硅胶为城市造出四瓣肺叶，它呼吸
雾与霾，吐出绿色的胆汁与鲜红的血

压缩机将易碎的灵魂压成细小的晶片
多疑而复杂的线路让人类迷失，我用躯体
铝片、螺钉将它裹藏，它柔软脆弱如同
被工业伤害的自然，钢锭压薄的黄昏
我孤独的阴影与下沉的落日合而为一

月亮在天空

月亮在天空，滑竿在推进，恋人们在床上
我用砂轮研磨螺丝，千分之一微米的精度
比诗歌中的词语更精确，乳白色的研磨液
吐出湿漉漉的夜晚，荔枝林潜心生长
白炽灯沉湎发光，我沉醉忧郁的诗艺
与工业的幻术，在碎纸片上写下孤独
内心隐秘的花园，伤感的月亮照耀

液压机在喘息，齿轮在运转，橡胶与塑料
塞进模板，升温的气体在手刹间涌动
愉悦的星期天被封进机台的密闭气罐
上升与沉落，春天正从窗外的
荔枝林经过，愤怒与悲伤构成我的诗句，
在塑胶、铝片、二元晶片上，气压机
猛烈地咳喘，它吐出模糊的月亮
像天空中的次品，忧郁而绝望

炉火闪烁，阀门分流我的痛苦

指示灯的立柱上升，扳手拆卸
爱情的皱褶。焦炉把皱巴巴的黄昏
铺在烟囱的尘垢，碎料机将白昼搅拌
成粉末，我把逃逸的碎光线唤作星星
捆绑带扎紧失业、诗歌伤残的词
和职业病，它们猛烈地颤抖，从胸口
吐出一轮带血的月亮

缎 轻 轻

张 琳

玉 珍

陈 三 九

庄 凌

麦 豆

康 雪

李 黎

风 云

尝试去了解梦境般的东西

比如一种鸟类

它的声音让清晨具有

多层次的寂静

The changes of wind

缎轻轻的诗

缎轻轻

原名王风。中国作家协会会员。诗歌散见《诗刊》《十月》《扬子江诗刊》《星星》《草堂》《青春》《延河》等刊物。入选 2017 十月诗会，第 34 届青春诗会。著文集《一人分饰两角》，诗集《心如猎犬》。

而我追寻什么 地球仪上忽明忽暗的夜灯 从四面八方钻进我怀里

像个大人

每天上午，白肺的死者会带走三只羊
戴口罩的羊、怀胎的羊、确诊了病毒的羊
为了追回这些羊，我日日夜夜割起了青草
想要喂养疼痛——人类说痛苦才能让我像个大人
可我只想抱回我的羊，一只也不能少，如果它们
转过脸，会有云团状惊慌的白色

弹古筝女孩的母亲

在她头顶的平台上，种着白尾莲，漂浮于鱼缸
女人和女孩轻声交谈，湖泊泽润生光
像她翻阅《二十四史》时忽然闪现在脑中
关于明日菜谱的想法。那是她每天必修的
像临睡前紧拥仓皇且未眠——空间里蓦然响起弦音颤抖
当她跑过回忆的台阶，灯光朴素照射
女儿正弹古筝，现实的另一面刹那构成一个谜
她是谁？而她又是谁？
两个女人，音符交错，缠绕在湖边透亮的榕树林

对简化的研究

边缘明亮，我是指
吃一只鳄梨
与听古筝十六弦，它们放大了
不规则的形体
部分甜味，在舌尖曲线扭动的
油脂和倾泻而下的音律
简化了我对食物、乐器、人的想象

赫塔·米勒的读者

向烤箱里加入杏仁，看它们混入面团膨胀
面包的香气中她回到少女，牵着一只蹦跳的小狗
走到上海旧居的一隅，莘庄
光线从树缝里透洒下来，棕色咖啡馆里
记忆正在上演，杯中深埋的事物都围绕着她
她，一个赫塔·米勒的读者
苦难者的影子、语调、不曾结束的每一天
都浸润在微涩的咖啡液体中

雨切割着我们走过的地方

沏你瞳孔里乌浓的茶叶积满了我的杯壁
我带着女儿，曾在这张颤抖的老檀木桌上完成了
她的学校布置的手工厨艺作业，那时
我和她，驾在一条小船漂荡，化叶为腮，摘星作桨
雨水堆积窗外正变暗的上海街道上，雨一刀刀切割
我们的心肠，割向平常的日子，昏昏然的一只
活物那样扔向——时间里飘浮的老人的脚

我怎敢吐露自己夜夜噩梦？当然，也有闪亮的碎石
镶在梦的边缘，这金边，像刚从快递柜中取出的新衣裳
散发着凝滞着的代工厂甲醛味儿

是谁？双手搂着自己的背脊，感受身体慢慢发凉
远处，你们看到玻璃杯中完满的马群，大雨正切割它们走过的街道
鬓毛湿透，视野里都是薄薄的善与期望
你说草叶欢快，白日匆忙。而雨水为何愈发生硬？
用桨触碰那匹你心中易碎的白瓷马，水流高度与雨汇流，
形成你、你长满裂痕的脸、鼻尖斑斑点点、干燥起皮的嘴唇。

谈谈具体的生活

房子很闷，你的脸很红
孩子们用小罐子接着倾斜落下的雨水
欢乐不大也不小

罐头铁皮生锈
吃剩的半口黄桃还有春天开过桃花的味道

雨滴洒在房顶不规则的棱面上，时间留给我们
一枚在虚无中久久旋转的硬币

奥秘

我构建的世界里有大雾，时而小雨
屋檐下一把平庸的酢浆草，我与你们无须交谈
沉默持续着，空白也有其甜蜜
世人都在受苦，为什么唯独我感受平静
在事物的裂痕中我转过身，伤痛伴随每一秒不断逝去
众神爱我，也爱你们。这是奥秘
我坐在高高的窗上，暗暗下定决心：
“一切都是值得的。”

在地球仪上寻找冰岛

女儿问：“冰岛在哪里？”
她手举小小的地球仪，映衬着苹果红的脸
我们几乎同时看见
飘浮：一座孤岛
升起在地球仪表面
它在我心脉的尽头，黑夜中闪现墨绿色极光

那里面藏着我来到世上的意义
却不是女儿的

她所喜爱的太多：白垩纪的恐龙，屋前的一片黄杨树叶
都不是我曾注意的
而我追寻什么？地球仪上忽明忽暗的夜灯
从四面八方钻进我怀里

和五十岁的老友通电话

先说结论吧
衰老：你慢点儿，慢慢溶解每个走向五十岁的人
半边脸庞
投射到悬崖的一半阴影
人，无论选择任何道路
都将通向傲慢的鬼神，除了在湖畔失声哭泣
除了寂静

老友说看完了医生，如今便无所事事
常在湖畔散步
看天边黄昏，宛若肥皂泡牵系着澄金的饰带
“也许我也有类似的……焦虑症吧？”

白檀叶，被风吹皱。透过车窗
我似乎在一片水域中看见自己的愁容
被一只半空中伸出的手，狠狠地勾勒
茫然，持续了多年。途中开车，大道清晰
琐事匆忙
冲断了这次谈话

如果

如果白日终结于每晚的两片褪黑素片
那我们该在夜晚前做些什么
才能不辜负
养料、耻辱、烟云般喜悦，你的大门后待解之谜？

夜深我醒来数次，也许在寻找
一个丢失的爱人，一场虚无缥缈的欢愉
在梦中有什么人正在走近？他们睁着无语的眼睛
把青石块扔进河底（而无数藻类正在水底纠缠，纠缠……）

如果，我写下的语言符号
是一个彼岸，将永不能和谐
如孵化一幕白昼下的苦难，因此受到世人偶然的怜惜

张琳的诗

张琳

女，1989 年生人，山西文学院签约作家，在《诗刊》《人民文学》《十月》《星星》《诗选刊》等发表作品，获《扬子江诗刊》青年诗人奖、杜甫国际诗歌大赛特等奖等，出版诗集《纸蝴蝶》《人间这么美》。

梨花啊，请允许我替你盛开一秒

黄连开花了

那些低矮的黄连草
可以让苦开花
可以让苦成为一服良药

味苦
性寒
归心……

我不能，我的苦微不足道
我的苦
说出来，就成了鲜嫩的苦菜

洗净
焯水
低着头，再吃掉它们……

边界

白露，非露……
寒露，非露……

需要越过白，越过寒
才能让露显形

才能看见自己
婴儿时的样子……

白头翁

多年生草本，别名奈何草、白头草、猫爪子……
就像正在院子里晒太阳的外公

雀形目留鸟，又名白头鸭、白头壳仔
就像正在院子里晒太阳的外婆

两个白头翁，入药，治愈我的孤独症
入心，像白发苍苍的故乡……

夜宿卓克基

仿佛不是为了入梦
而是为了从此醒来……

尘世间，能被照亮的事物
越多越好

一轮卓克基的月亮
慢慢倚在木质的藏式窗棂上……

人这一生，需要与美同行
需要慢下来

活成毗卢遮那圣山
活成：雪马山、鹧鸪山……

像梭磨河、麦朵措一样
悄悄地，往生活中添加数以亿计的浪花

明月芦花

江水远去
岸边突然多了一群送别的白衣人

我认识这些昨日芦苇……
它们风中绿，风中黄

然而……风中，是什么？
那么短暂，像不可复得的今日

让芦花再飞一会儿
鲁米说：万物生而有翼

我信了
我飞过的地方，都是辽阔的天空

我思考的时候
正是一朵摇曳的芦花

又是谁，说出了明月当空的意义
被送之人

无处可藏
刚刚躲过了初一，十五就到了……

梨花辞

梨花啊，请允许我
替你盛开一秒

让我在黑色的枝头
看看自己

为何凋落——
究竟是风动，还是心动……

在人同土林

几亿年之后，我终于和它们站在了一起
秋天最高
土林次之
我，最低

还有更低的
一条小路，将我们引到这儿
几个脚印
凹陷下去足有一厘米……

临水

薄雾中，你有没有认出那只丹顶鹤
就是我
年老时的样子

——头发白了
还扎着红色的丝带
走不动了，还穿着漂亮的高跟鞋

还不忘，临水而立
把自己看成水中的浪，浪中的花
还执意要把满脸的皱纹

说成是岁月
刻在一艘孤舟上的记号——

玉珍的诗

玉珍

1990 年代生于中国南方，中学开始创作，主要创作诗歌、散文、小说、随笔。作品发表于《人民文学》《诗刊》《十月》《花城》《作家》《长江文艺》《青年文学》《汉诗》等。

从大雪后寂静的榕树下经过
听见生活这粗糙的老牛
正咀嚼扎嘴的冬天的枯草

萨马拉

某个时刻的改变会发出声音
小时候我迷恋坐在树上
听风与叶子的交响，
这时命运会路过，
从那儿走下去要让谁倒霉，
这不算什么神叨叨的事情，
流血的必须流血，流泪的必须流泪
青睐与爱情也会在某个时辰
突然到达
人什么也不知道
在我们队伍中的穷光蛋少年歌手或天才
要按笑容与哭泣中的预言
赶到未来的生活
那时我懂得一小些因果
坐在草地上像个老孩子
看人畜走来走去
所有人都应该知道《相约萨马拉》的故事
翻过篱笆我们也没法逃出去
任何，所有，一切
全坐在这儿
等你过去

黑色的海

黑色的群马在奔腾
黑色的海
你不会累吗？

现在是傍晚，下着雨
海在黑色的雨季里翻滚
尽头像一条线弯曲着消失
与天空融为一色
海看上去像天又像陆地
仿佛要将我掀起

海在哭号，杰出的喊叫
融化在灰色的雾中
我不知如何去热爱这类事物
它总让语言退后
理解到一个看到大海的人想要死在海里
但又会觉得虚幻

人太渺小了，海感觉不到
站在这儿我仿佛消失了
一个人的全部被海心淹没

现在我是粒沙子，我的思想也是
我的一生都是，海永在涌动
由表及里
群马永远在跑
这就是永恒

雨在降落命运

雨在降落命运，
降落即兴的旋律
灰色原野的尽头
黑鸟般渺小的动物在移动

风是没有方向的
枝叶们一律在胡乱地摇头
有时候云会突然碎掉
在树冠之上
仿佛散开的雾气

雨因为细密而显得忧愁
草地是干净的
被雨覆盖的地方都干净
但四处没有声音
只有雨在降落

一种温柔的寂静越来越大
从草地上升到空中
雨从那儿降落命运
降落绵密的旋律

天空

蒙克的天空
白泉水上的天空
那上头什么也没有

这是最好的
看起来就像解脱
你看那头牛
它在山坡上
静静站着

纯洁的小东西
两眼无知
天空干净得像对它的母爱

皱纹上的脸

风吹起白纸上奥登那双眼睛
黑乎乎，透着深邃的东西
时间将他的皱纹雕刻得坚硬
仿佛刚从雕塑家那儿诞生
白纸轻薄异常，清风使它飘荡
但眼睛坚定地望向一处
看上去这是脸上的皱纹
但更像皱纹上的脸
皱纹构成了一切
线条是它的语言
我祖父也有双类似的眼睛但

更黑，更干枯
眼窝更浅
在皱纹密布的眼皮中
发射出老年狡黠的孩子气
他常坐在厨房的昏灯下抽烟
光线使黝黑的五官接近于黑夜
他仿佛看透了一切
他的烟圈简直是空气的朋友

那时我们有蜡烛

那时我们有蜡烛
现在有黑暗
灯太亮了，爸爸说
能不能换成十五瓦左右温柔的光
我说那太暗了
我不习惯
眼睛越来越看不清了但
所有的灯都比之前更亮
那时我们有蜡烛
煤油灯，停电时围坐在饭桌上
仿佛上帝在那束小火中
后来火焰爆炸了
成了巨大的光
我们不需要上帝了
是吗？

黑眼睛

强光下我的眼珠是淡褐色
在夜里成了黑色
傍晚的时候暗淡，清晨又很清澈
我有对变色的眼珠，善变
喜怒无常。现在我闭着眼睛，
它就是无色了
那天我看《巴斯特·斯克鲁格斯的歌谣》
没手没脚的演员
在小小的台上念诗
他的眼睛是晶莹的黄色
在光芒照射下
脸白得就像失血
后来他坐在树下，夜晚
使他瘦小，忧伤
身边的人喂他吃了块肉
在雪地里，他的眼睛是黑色的
真好看
他那么洁白
但融进了黑夜里

生活

从大雪后寂静的榕树下经过
听见生活这粗糙的老牛
正咀嚼扎嘴的冬天的枯草

最凶猛的冷还没离开
雪刚刚歇息
像我的生活和牛
在牛栏中站着

看雪花落下
反刍精神的粗粮

陈三九的诗

陈三九

本名陈健南。1994年生，海南儋州人，有作品发表于《诗刊》《扬子江诗刊》《天涯》等文学期刊，获首届海南青年诗歌奖。

在一个
犹如睡狮般
平静的晚上
我写下
你的名字

清水湾，清水湾，正如你圣洁而清澈的名字被无数次唤着。此刻在一个犹如睡狮般平静的晚上我写下你的名字

在光村银滩

我如此渴望与一场大海相遇
如同我恍如隔世的爱人出现
当麻雀在摇晃的马尾松轻啄自己的羽翼
允许我们进入海边区域
我们看见从洞穴爬出的小小螃蟹
向我们道出下午的潮汛将要靠近
当我们朝大海的方向望去，它偌大的身体
如同披着件蔚蓝而潮湿的风衣
翻滚在我们眼前
我们爱这古老而赤足涌动的大海
爱卧在浅滩上洁白的贝壳
当天空把自己裹成一个暗淡形状
远处天际闪过一道明亮的闪电
仿佛直入大海
海风从远处吹来，将我们的头发向后掀
我们一致相信
雨水将要落满我们的衣襟
我们也一致相信
在模糊的海面与天空之间
会有我们谈论隔世的爱
正挥舞衣袖而来。

城市
——致那大镇

在这我们已献出忠诚和挚爱之词
还是看到巨石压在这块消瘦的土地
我们还是听见那日夜劳作的机器
伸进它的躯体
我们看到钢筋与泥浆植入它的身体

你知道的，沉默的事物是无法发出
撕裂的声音
我们知道阳光渗不到那块土壤，要听到
大地跳动的脉搏，还要隔着一层硬泥

这里曾盛开着无数美丽的鲜花
这里曾有无数幸福着飞翔的蝴蝶
他们把那块土地改造成人工公园
妄想着把那些小生物召回这地方
我们知道穿过繁华街区的那条河

为何到街区会突然流得这么慢
我们知道吹过城市的风为何越来越弱

这里曾是青草疯长的地方
如今城市的墙缝只能长出稀疏的草根
又被反复拔掉。我看到那大镇的身影
越挪越大，它背负着沉重的
钢筋泥块向四周不断攀爬
而今我储藏的词语越来越少，那些
反复用过的颂词无法再献给它。

清水湾，清水湾

就在此刻，一滴海水抱住辽阔的大海
如同更远之处，天空的蓝挽着海的蓝
静默守候在这片海域
当海风驱逐着翻滚的海浪涌向岸边
你有没有听见那起伏的潮声
那正是人海抑制不住喜悦的心跳
当你们看到一朵朵白色浪花
撞击岸边的礁石，那是清水湾
把自己形状的碎片献给你
去接近一滴水，那来自海湾涌动的水
一如你写在纸面就会溢出的潮湿
是海鸟，一次又一次地把清水湾的蓝
衔向高空。翻卷的云儿，轻轻掠过
清水湾，清水湾，正如你圣洁而清澈
的名字被无数次喊着。此刻
在一个犹如睡狮般平静的晚上
我写下你的名字

别靠近

雨后，不要去窗沿碰那些悬挂的水
不要去摇晃一扇窗，不要靠近风——
风就要吹落那些窗沿的水
这第二次的坠落，因为你在场
你成为目击者
你目睹雨水的二次死亡，你没有告诉雨水
将有一场风吹来，以致雨水的
第二次死亡，造成两片枯叶的坠落——
你是风的帮凶

逃向她的词语

我还是跟她说年轻，她不敢承认衰老
但我不止这次目睹衰老与沧桑爬遍她
她还是会笑，还是会用抬一盆水来证明还有力气
我没有说出那些令她感到不安的词
我曾害怕孤独与死亡占有她，于是用眼泪
驱逐词语，但词语并没有仁慈之心与爱。几经周折
还是回来，爬向她虚弱的身体
我还是没告诉她，宁可她将这一切否认
她愿意相信，生活在没有疾痛
的童话里。而隐约中
那些逃向她的劣词，已是愈来愈多了

入秋，想起禾雷村

突然就老了，像个豆腐心肠的老婆子
不再把村民喊回来了。像磕掉了门牙的老婆子
任由外来的野物自由奔跑，任由无家可归的

飞禽在高空舞蹈。墙脚长出的草替代了
禾雷村每一户居民。堆放多年的柴火还是没烧完
突然就嗅到腐朽的味道。突然被什么东西
噗的一下摇晃，你就醒了
突然就想到那因土地征用
而在外盖起高楼的人，我还是相信，是因为
他们的离开加速你日渐衰老的程度。来看你们时
我没有带来秋风。来看你们时
我在附近的山野遇见过
我的外婆在摘熟红的桃金娘

驱逐

我们在雨中奔跑，那是很小时
我们在放学回来的路上。而一场雨
来得太仓促。我们没有带雨伞
我们奔跑着穿过那片田野，想快点到家
附近没有任何能遮挡雨水的地方
只有一些树，但它们的叶子快落光了
我亲爱的妹妹再也跑不动了
我们在一棵树下避雨，但树木
无法撑开它的双手，替我们挡住暴雨
我们看着大雨落下
落在我们的脸庞，落在耷下的头发
我们害怕轰隆响起的雷声和
空中闪过的光线，因此我们须继续
奔跑，直到回到我们的村庄
那是小时候雨中的下午
直到现在，许多事仍在记忆里流淌

去省城见见你

也许明天就到省城看你　但不确定
也许明天南方暴雨
和天气赌一时之气而取消行程
也许再过几个时辰　因某个人意外来电
临时改了主意　或连夜忙着为旅途中
一朵小云裁缝一件宽衣因而错过班车
也许因近日身体偏瘦
而拒绝见你　多日来　我的朋友
一再邀请到省城见见面　用亲手温的热茶
暖体内的胃　或把酒当歌　赏池中之花
遣书中之词造句　亲爱的朋友
来信收到　原谅我有时也被
信中温暖之词灼伤　也许过了今晚
就去省城见你

庄凌的诗

只有看风景的人成为风景

庄凌

戏剧影视学硕士。山东省作家协会签约作家。在《诗刊》发表处女作组诗，作品见于《人民文学》《诗刊》《中国作家》《钟山》《十月》等各类文学刊物，参加《诗刊》社第33届青春诗会、第三届《人民文学》“新浪潮”诗会、第八届全国青创会等。获2016扬子江年度青年诗人奖、第五届“包商银行杯”全国高校征文诗歌一等奖、第二届中国青年诗人奖。

秋老虎（组诗）

石头

每到一个地方旅游
都捡一块当地的石头回来
那些石头形状各异五颜六色
有的像星星像太阳
有的像花像草
有的像猪像牛像人像神仙
孤独的时候他就看看这些石头
越来越多的人已变成了石头

看天

闲暇时我会抬头看天
不知神明能保佑我们什么
低处的卑微
都被无边的蔚蓝宽容

我喜欢白云自由飘荡
哪里都是家
而人间到处是樊篱

晴空万里呀
内心也空无一物

彼岸

在长江坐渡船
我想起了电影《江湖儿女》
巧巧坐船去寻她心爱的男人
这船上的男女老少
也像个小江湖
一个老太太不断捶着自己的腿
嘴里念着《圣经》
而那个外地口音的中年男人
在电话里讨价还价
背书包的中学生坐船去上补习班
而我像个古人
想听两岸猿声

枇杷

以前在北方只吃过枇杷
没见过枇杷树
而今漂在南方，遇见枇杷树
就如网友见面
刚刚三月份我就和一只花猫
在等枇杷变黄

今天我去看它们
枇杷早已黄了
有的落进怀里，有的离家出走
一个老人正用拐杖
敲打树上残存的果子
像敲打她所剩无几的时光

火车到站

火车到站天色已晚
没有接站人，也没有目的地
出站口遇到一群上前搭讪的的士司机
与家庭旅社老板娘
我就像一块肥肉

老虎狮子一哄而上
不知为什么我却突然觉得温暖
得到异乡的热情欢迎
我和他们笑笑又摆了摆手
一个人钻进茫茫夜色

妹妹

你站在铁轨上拍照
曲曲折折的梦就有了方向
你的笑容如一朵栀子花
白云不愿飘散
火车不愿打扰
诗歌就该这般安静
我突然想起卧轨的海子
和他远方的姐姐
尘世太粗野了
他们就成了虚构

知音

我们只是偶尔聊天
说着一些温暖的话
我们只是偶尔哭泣
捡起丢失的故乡
我们把彼此当做一本书来翻阅
像翻阅过万水千山

河流

母亲在河水中分娩
羊水涌了出来
世间万物也涌了出来
孩子沿着河流和季节奔跑
与枯枝落叶一起
转眼消失在喧嚣之中
河水日夜不停赶路
只有石头沙砾和风俗
沉淀下来
只有看风景的人
成为风景

摇篮曲

船在水面掠过擦出阵阵浪花
站在甲板上的人能看见明天的太阳
船舱内有人在聊麦哲伦绕地球一圈
生活何尝不是个圈

船突然变得颠簸人们胆怯蜷缩如鸟兽
我使尽浑身解数，大海也不会温顺
我望向窗外，无边无际
我仿佛躺在一只巨大的摇篮里

麦豆的诗

麦豆

原名徐云志，男，1982 年 11 月生，江苏连云港人。2009 年硕士毕业于江苏大学。中国作协会员。组诗散见《人民文学》《诗刊》《扬子江》《中国诗歌》《星星》等。曾获第二届汉江·安康诗歌奖、江苏省第六届紫金山文学奖等。曾参加诗刊社第 30 届青春诗会、鲁迅文学院第 31 届中青年作家高级研讨班等。江苏省第九届签约作家。已出版诗集《返乡》《在皇冠镇》。

它也没有
一颗勇敢的心
看见我，
就远远地
飞走了

雨中的候鸟

站在窗前
雨中的那只鸟
突然被赋予
我的意识
它冒着雨
替我在雨中寻觅食物

少有人意识到
雨中的
这一幕
是人类的
缩影

少有人
意识到
雨中的那只鸟
它的翅膀在颤抖，已开始失去平衡
只有
从天而降的
雨水
没有
从天而降的
怜悯

惯性

下雨天
洒水车
正常在路上洒水

并循环播放着一首乐曲。

十字路口
红灯变绿
一个允许的
早已有些麻木的眼神。

一只鸟在雨中
觅食。我
绕道而行
我想把飞的决定还给它。

上午，忙碌
中午，吃饭
吃完饭后，大家休息。
但我决定写首诗。

喷洒农药的草坪

有一块草坪
特别绿茂，冬天也不凋零
可一只鸟、一条虫子也没有

连风都不愿与它为伍
只有死亡和阴影
在它的面孔上徘徊，堆积

为了推卸责任
园丁将它的每棵草都涂上毒液
路过的人纷纷捂着鼻子

一个美丽的新世界
欣赏和打理这块草坪的人
已来到我们中间……

路边打电话的女孩

抽着烟
穿着短裙的女孩子
用双腿
将自行车
斜撑
在马路边的路牙上
另一只手
在打电话
神情并不轻松
虽然看起来才是一个初中生
寂静的午后
洒水车
在东西路上开来开去
不停在阳光下制造出彩虹
右边盖楼的工地
没有午休
高层住宅已经进入封顶阶段
各种机械响个不停
一路上我都在关注正在凋零的香樟树
人行道上
铺着厚厚一层红叶
没有人告诉我已经走到舞台中央
就像对观众的一种报复
嗯，烟味很淡
是个好女孩……

这个春天

车尾贴着：保持车距。
树上挂着香樟的
红叶子。

一张揉皱的软纸
掏笔写下
他的忧伤——

在某个薄雾弥漫的清晨
正午或黄昏
运输物资的绿皮火车拖着它长长的尾巴
从市中心的高架桥下
缓缓通过
喷出它
看见人类时
那紧张而兴奋的巨大气流

香樟果

我的忧伤
可来自熟透的香樟果？
紫色的香樟果熟了
却无法喂养天空的飞鸟

它们曾是这个世界美丽的饰物
我曾给我的孩子比喻
它们是：青色的水滴
阳光照耀着树上的它们
给我们喜悦与希望

但现在它熟了
成串地从一棵树上脱落
像完整的我们
突然少了一部分

鹏鸪

二月冷雨的屋脊上
或三月空荡的枝头
它的鸣叫声像一个异乡人

它似乎只会一种叫声
听着忧伤的那一种

它的脸太小
小到不足以看见笑容

它也没有一颗勇敢的心
看见我，就远远地飞走了
它的身影像一个孤独的异乡人

共享单车

我们从河里打捞起
一辆溺水不久的
自行车

它的塑料坐垫、脚踏板
把手和轮胎都表明
它是一辆新车

但它的金属铃铛、轮毂
轮子钢条，骨架
都已锈迹斑斑

而且，它身上的铁锈
好像被人类的愤怒燃烧过
它是被扔进河里的

康雪的诗

康雪

1990 年冬天生，湖南新化人，现居益阳。有作品发表于《人民文学》《十月》《扬子江》《诗刊》《花城》等刊物；曾参加第 4 届《人民文学》新浪潮诗会、第 34 届诗刊社青春诗会，著有诗集《回到一朵苹果花上》。

尝试去了解
梦境般的东西
比如一种鸟类它的声音
让清晨具有
多层次的寂静

雨的幻觉（组诗）

凌晨六点

是的，当布谷鸟停止鸣叫
我突然想起在这世间
它是唯一隐没在黑暗背面
却仍能被我辨认出的事物
但我仍不能说出
它的意图——
如此独特的叫唤穿越山谷
在每一座城市的窗口，给早醒的人
永恒的生命幻觉。

女儿与妹妹

她们摘下青色的李子
齐刷刷地咬出脆脆的声音
那些隐秘的酸味
混合着脸颊上满足而快乐的表情
让人心动。
她们又折了一簇槐树叶
一片一片贴着嘴唇
鼓足了劲儿吹起来
沉闷而天真的噗噗声
像一种古老的音乐。
她们再次吮吸白色的忍冬花
让我相信那的确是甜的
当她们飞奔到远处
在阔大的芭蕉叶下捉迷藏
我才独自重复
她们刚做过的一切。

闭上眼睛

至少有一颗露珠
在自己身上，听到汩汩流淌的水声。
想起黑塞也曾聆听
“血液的簌簌低语。”
我蹲下来，也如此渴望
在草叶上摊开身体——
天地的辽阔性
仅仅在于如何摆放
自我的位置?
狭窄的自我，迫切需要放弃
多彩的感官。
我悬浮在纯净的黑暗中
像试飞的鸾，在高空完全挣脱自己时
突然意识到
静止才是极致的飞行。

雨的幻觉

初夏的冷空气在手臂上
制造短暂印记——
那些凸起的毛孔让我意识到
我并不能
完全掌握自己。
整座躯体都具有短暂性
短暂而连续。有时愕然发现
昨夜的我
仍端坐在今天的自己中间
备感孤独是真的
带着百般忍耐的光芒。

布谷，布谷

尝试去了解梦境般的东西
比如一种鸟类
它的声音让清晨具有
多层次的寂静。
我的耳朵
也尝试过真正靠近这个声音
主动理解与完成它的轮廓
甚至去触摸
我这一生并没有机会抚摸
却仍要想象的
柔顺而温热的羽毛。
这是听以外的能力，当一双耳朵
放弃我而在世上独自追逐。

第三种意味

这条鱼昨天就已经死去
在今天，才把它的生命意味
铺满整个厨房。
茂盛，悲哀，让人不知所措。
想起起床时
亲吻女儿的后脑勺
她头发间的汗味
是另一种生命意味。
厨房并不存在宿命与哲学——
我从来拿不起刀子
为自己果腹。
但活下去，并没有真的太讲究
我尽量想些美好的东西
即使双手沾满鱼鳞和鲜血。

飞蛾记

一小团黑影从纱帐敞开的地方
扑进来
模糊而如梦的实体。
我随手拍落了它
依旧躺着，但不再闭上眼睛
屋子里充满了新的昏暗——
它坠落时
翅上的粉末还留在空中。
我尝试学习它精致的呼吸
并寻找自己的火焰。
我断定它比我对天亮的过程
更有耐心。
最后，我还是陷入
巨大的哀伤之中——
一只蛾子，是在我身上找到
赴死的决心。
我没有理由，不让它躺在同一张床上
躺在我身边，回顾自己的生命。

星期一说明书

早起。给孩子穿好衣服
吃碗面条
去杂志社，看几十封邮件
中午踩着几片银杏叶
回家。
孩子吃饭又吵着看电视
不如意，就抽打自己的头
下午校稿，在第 110 页
我熄了今天的灯。
太阳并没有完全落下
但寒风吹彻
我裹着一个黑漆漆的人
走得飞快。
十一点在床上平躺好，孩子
熟睡
我蹑手蹑脚地离开了自己。

寄不出的信

嗨，娇娇。好久好久不见
我们拥有过一小段共同的童年
很奇怪，失去联系近十年
你却在我梦中长大成人。
你短头发，对我笑时
就连羞怯，也有了区别于年幼时
的温柔。
真不容易。你无父无母
舅舅有一张被这个世界灼伤的脸
不知你们关系如何
只有你的祖母，为你苦苦活到
九十八岁
嗨，娇娇。读书改变命运
也不是特别奇怪，我是在这片山村
入睡时，才与你重逢。

李黎的诗

它也没有
一颗勇敢的心
看见我，
就远远地
飞走了

李黎

男，1980 年生于南京郊县，2001 年毕业于南京师范大学，现供职于出版社，副编审。1998 年开始发表诗歌小说作品，著有小说集《拆迁人》《梁山群星闪耀时》等。

已经五月

五月的窗口
吹来了五月的风
在此之前
是四月的窗口
和当时风
再往前，是三月
二月和一月
按理每年都是如此
五月之后，天热起来
盛大的毕业离别让我
因为中年而忧伤

但今年不同
今年是 2020 年
2020 年不是其他
是今年
是开始和结束
是全部

时间之谜

一个诗人
沿着一条河走
从一九六六年
走到了今天
她还在这条河边走着
眼前的河水和一侧的堤岸
还是以前的河水
和以前的堤岸
如果凝神
水面似乎高了一点
时间在波浪的表面
闪闪发光
时间也在水底翻滚不息
在这条河边
时间到底在哪里

深夜之声

总有人拼命踩下油门
眼前的大街上只有深夜
发动机的吼叫拖拽着身体
奔向血肉模糊的寂静

叫声在眼前的黑暗中猛然起身
又在眼前的黑暗中远去了
一个人往往就这样过完一生
来不及穿上衣服，来不及开灯

至于深夜
它的版图还在
此前的喧嚣让版图变小
也变得深厚

没有熟人的街道

这里是晚间九点的白马公园
高悬的路灯照耀着黑暗
我从一座座残破的明代雕像前走过
在停车场找到预约的车辆
随即，车辆路过太平门
来到北京西路
路过丹凤街路口和鼓楼广场
——所有的街道我都熟悉
但我还是睁大眼睛
在看找一个认识的人
我一个熟人也没有看到
熟悉的街道在飞逝
给人最后一瞥的悲伤

另外的夜色

转过车棚
一个小女孩在喊
爸爸到现在还是乌龟
随即我看到一个人
从夜色中走过来
头上顶着一只绿色塑料盆
小女孩大笑着回头
等这只乌龟
回到队伍中

我朝另外的夜色中走去
想到一部电影的结尾
无与伦比的闪烁之后
生活变成了灰烬
灰烬保持着伸手的姿态
保持着奔跑或者拥抱的姿态
今晚没有核弹的残暴
时间暂时取代了它

玻璃后的春天

玻璃杯纷纷破裂
在女儿的奔跑中
在洗碗机偶然的事故中
在生活浑浊的水面下
在令人惆怅的上一秒
说碎就碎了
碎片从不掩饰自身
从不走向另外的碎片

需要买一个透明玻璃杯
用它泡茶，炫耀绿叶
否则会有一种
错过这个春天的失落

急诊楼

空旷的走廊充满回音
疾病用特有的声音在说话
灯光不能照亮病痛
但可以让每一张脸比白天老迈
走廊深处，有人在做保洁
近处的一个人坐在地上睡着了
头和背呈直角
另一个人靠着墙给手机充电
双腿分开，身体正在离他而去
成为仪器药物和医生的字迹
急诊楼还有更多的内容
更多的手指、腿脚、眼珠和血液
没来得及赶到这里
不过我们要走了，匆匆忙忙
像赶赴另一次急诊

一些画面

我朝东边的山坡上看去
一头牛埋头吃草，身体像秒针
嘀嗒嘀嗒颤抖着
但是我已经近视了，看不到
一头牛在走向未来时的表情
再往前，一九九〇年漆黑的桌子上
一群人用簸箕算命
一把米和一根敲击桌面的筷子
可怜的神仙算出我可以读大学
母亲在大笑中哭起来
当她试图让我说谢谢时
我离开了现场，在模糊的村子里闲逛
那时候我不认识谁
不认识小平和滕公子，不认识小李
每一个踢球的人都不认识
一户人家，即可以是房前
也可以是屋后，可以是永恒或者遗迹
我没想过会离开那里，也没有
想过要永远活在那里

1994

大　树

1994

牧　白

1995

陆佳腾

2003

王祈越

2002

乔　陈

朝霞从地平线上起来，红
还不属于她，那是另外一种生活
像露珠，像手心里
不一样的纹路，起来
也是另一种生活的有备而来

风
度

The style of wind

大树 的诗

大 树 男，汉族人，本名孙胜。1994年4月出生于江苏淮安。现居涟水，供职于家乡某中学。作品散见《诗刊》《星星》《扬子江》等刊物。

The Summer Wind

雪后初晴日（组诗）

雪后初晴日

雪把草垛含着，
看不出
用力的感觉。
树上站满鸽子。
头颅上，挂着星。
仰望中
我们很快发现了
那只倨傲，太阳
满世界打着灯。
草垛。鸽子。我们。
都是黑暗，都是
清淡如失的声音——
日日挣扎
却看不出用力的感觉。

我可以

当影子，粘在墙壁上显示
我最清晰的一面：
我可以与墙壁对话，
流着泪，翻
你留下的账册。名目歪斜的线影。
我可以，与大地对话，
当月光照耀地表反射
我无瑕的忧思，
并源源不断地奔向远处。
我可以铭记，无缘无故的笑与痛苦，
接近烂果冻般细密的潮湿
——那虽甜美却弗敢吸食的过往
是你彻底远去
而不再归来的，前世……

我没有下落的感觉

雪停在温暖的草上。
鸟落在无风的树上。
苦乐参半的生活在这世间
……我没有下落的感觉。
快乐与痛苦好似
生死相依的昼夜。
我只有扫帚
和盐巴——毕生在街道上求索。
我只有正在消失的现在。
（日后也不会有人铭记我。）
这短暂的一日之间，
是我的心绪
欲拉拢漂亮的感觉
……陪我度过一生。

镜前赏析

他们将羞怯旁置，举着烛光
靠近我的脸。我只露出我的眼睛。
他们问我什么，我都沉默。
我是衰弱的秘密，灯光不足的房间
吃着薄薄的尘土。
可以不是雕像，但一定要垂涎。
雕像的意义是令人着迷，
或徒劳的研究——
谁不是一边封闭，一边提供线索？
面对自己，我时常咬紧牙关，
肌肉或许能带来清醒。
但从未有人听到我说，镜子。
有时候，我真的躲在里面，
自己望着自己，鼓足勇气，露出笑容……

雪天即景

读了一天诗之后，
我们说，睡眠。
一瞬间的诗意，
其实都不是真的。
醒来时就真相大白：
雪天行人的脚印
只会越来越多——
满地球的豆腐
只会继续被毁坏！
除了诗人的屋顶，
冬鸟的眼睛，和
刺眼的窗子——
你我热爱的一切
永远不会脏。

动物园怀友

无法拒绝的云朵漫上枝头。
春天啊，和我那么近
……可我还是必须
在这圈套中，有所作为。
我去做大象和野驴的摄影师拍摄
时间的走，与停息
——它们真的很快就老了，
蹒跚地走回洞穴。我真的也快忘了。
故人们常常凭借往事与我关联：
嘿——你！最近过得好吗？
我只有璀璨的声音回应。
似乎每次都是如此——
在遗忘奏效之际，
他们想起我，如想起一件危险的事。

庆生

好端端的我
走进二十五岁的人地
和比之更老的房屋中。
父母亲站在
我黑色棉袍的阴影里
看我跳舞。
地上是一枚发光的硬币。
他们说："我们，仅有这些。"
表情木讷。但是很好了。
凭借这绝世大舞台，
我有力的肢体一直在变轻。
而一直在变轻的也叫他们愧怍：
"二十五年了，
未能给你新房，蛋糕，和果酒。"

牧白 的诗

牧　白　1994 年生于青海。有诗作见于《星星》《诗潮》《中国诗歌》《散文诗》《山东文学》《青海湖》等刊。现为青海省作协会员、西宁市作协理事。

The Summer Wind

麦积山石窟

仿佛那些凿出的
是我的肉身

而我是佛
在人间承受着一切

佛说北魏、西周、隋唐
我说一个人的苦难

说一个人的命运
薄得像一片砌入
石窟中风干的残漆

明灭，又明灭
独自明灭于断崖

山 月

星月隔岸
我们把寂静点燃

从山中水到狗吠声
从稀疏的灯到你我

我们沉默
月光在前，星星在后
我们不语
星星在前，月光在后

我们像是结在人间的霜
用风声把彼此剥开

我们走走停停
月光又偷偷
向我们结了一层霜

小 径

献给这个世界歌喉
我们以草木之名穿行

雀鸟鸣而百花开
风是上苍的佳木横斜
隐隐涧中水，流到春深处

我是春天
愿有清风鸣笛

细雨落满空山
而我是最重的那滴

栈 道

这些年走了太多
木质的栈道

在雨中，在晴天
在山谷，在悬崖边

就如我在尘世
用酒交心，用钱续命

用低眉
延长自己的春天

但我的身体里面
也有骨头，也能
燃起熊熊火焰

仙人湖

有湖水向你我迎面而来

柳树垂腰，青山凸立
湖中何人荡舟
开出这一片天地

有亭屹然
曾想明月来晃
白雪铺遍湖山

炉火温酒
一口便啜饮出
仙人羽扇，微风动

雾

我也是雾的一部分
潮湿，阴冷，将万物
都聚拢成一团

而什么是青山和森林？
是我枯萎的花朵
还是剥尽血肉时
所呈现的隐忍

抑或是攀附于枝头
娇艳的野花
风一动。整个世界
都面临着凋零

陆佳腾 的诗

陆佳腾 女，1995 年出于生江苏昆山，中学教师。爱好诗歌，2019 年正式写诗，现为“夏季风诗歌沙龙”成员。

The Summer Wind

窗外

垂钓者的图画里
缺少一条曳尾的鱼
我的窗外缺少一只
跳跃的兔子
鱼的想法从未惊动鱼线
我的兔子也未钻进我的诗里
那个钓鱼的人经过窗前
踏着潮湿的影子
从一首诗走入另一首诗里
樱花、柳枝、狸猫
在玻璃上晃动
忽然间，我看见几个晶莹的词语
闪现在草尖上
我放过了，那只兔子

虚构之物

我知道闪电和岩石的故事
还有关于火焰的传闻
它们自己未必知道
当沙砾搬运自己的时候
故事也在搬运自己
有些藏在天空的缝隙里
长久凝视
雨滴从缝隙中掉落
它也是故事的一部分吗？
但它不会说明

只管拼命下坠
似乎为了赶上我的心思

如果我为这场雨虚构一个情节
它的结尾，会不会
落到你的头上？

一杯水

水的筋骨
我在瀑布的身躯上见过
但这杯水没有
至少现在没有
我无法确凿地说出它的过去
它是否跨越了千年的岩石
站立于浪潮的顶端？
是否在黑云底下
手握自己，刺向
飓风的胸膛？
越想越觉得局促
似乎这一切都赖我
一杯水的过去和未来
都被我囚禁在玻璃内
所有汹涌的可能
都被咽进肚里

烂尾楼

地图之外，蜷缩着
苍白的楼宇
一滴雨让它颤抖不已
——握不住一个
远方的消息

钢筋只是某种形式
不是定义边界的实质
一只偶然停留的鸟
或是一只猫，甚至是
墙上溢出的一片光彩
都在不断拓宽领地

那些未完成的
留给隐秘的心事
——于体内
慢慢堆积废墟
让战栗组成血肉
就在这里
标注自己

写信

我准备写一封信给你
告诉你
当我想起昨天碰到的
那只斑鸠时，地面正在下沉
胸腔内充满了来自远方的
空气——稻谷被晒过
树叶被嚼碎
那些照亮黎明的光线
此刻正在梳理我的羽毛
等见到你了，我还要描述
大地的光晕，河流的低语
以及落日的几种颜色
至于一些没有说出口的
候鸟会替我转达

读懂一颗灿烂的星

不同时空中摇曳的
人影，堆叠在一起

共同把脖颈伸长
眼睛，或许比光年
更能丈量距离

深渊把所有人的目光
压缩成你的光芒
你身上的每一粒尘埃
都是人间闪耀的词汇
让无数个念想变得
像你一样深刻。我想我

明白了你的辽阔
像泛滥的河流，不可阻挡
而河底，陈列着非凡的未知

一夜

我躺了一夜
可能更久
我看见树影在墙上跳舞
我听见时间的滴答声
或者只是我心脏跳动的声音

路上的汽车碾压着我的脊背
伴随着刺耳的汽笛和油门的轰响
它要开往哪里
河里的鱼在我脸上吐着水泡
它要游向哪里

脑海中的琴弦开始生锈
发出尖锐的嘶鸣
我时而沉醉，时而憎恨
身体变成一块沉甸甸的海绵
却又怎么也挤不出水

窗外传来啾啾声
有人说那是鸟儿在用希腊语交谈
阳光爬上了窗户
树影仍在跳舞
而我竟在一夜之中度过了一生

幽冰之下

破碎的暗流
被一块礁石引诱
模糊且迷人
同世间所有引诱相同

一个异类紧贴自己
柔软与坚硬碰撞
嚎叫被掩盖，回声
搅动着无用的水草与沙土

温度跟随鱼群，逃逸
幽深向着更深处探索
直到所有对抗，成为
坚冰的一部分

它们共有的灵魂等待收拢

一道裂缝会带来
转机——
它们终将不分彼此地
奔向想象中的那块礁石

王祈越 的诗

王祈越 浙江乐清中学高二学生，喜欢史诗和音乐，热衷于过度解读，把什么都当作象征，常有好的灵感与思绪，但缺少谋篇布局能力，喜爱诗歌，幻想找到生命与物质的交界线。

The Summer Wind

城堡

沙子的借口
风都听腻了
布满尘埃的城堡里
蛛网还是干净的
桌上的蜡烛就那么短一截
却比时间还长
每一滴蜡油都认识不同的火苗
城堡很空旷
就一张桌子、一根蜡烛、一张蛛网
新尘埃的影子下
是我黏稠的死亡证明：
死因不明，
可能是曙光，永恒衣冠不整
或是十字路口的指示牌指着四堵墙

等

动车等了一会儿
见我不走
他就自个儿走了
脚下土地的项圈见我不走
他也自个儿走了
身体见他不走
也走了
钟不等我
早走了
太阳走几步等我一下走几步等我一下
太阳走得很慢
太阳走了挺远后见我不跟上来
就不等我了，走了
老的地基走了，新的地基走了
老的废墟走了，新的废墟走了
太阳爆炸的残渣不等我
走了
没有什么不等我了

瓯柑皮味拐杖的自述

敲钟
擦水晶球
吱吱
切半斤肉还给水牛
从小相信心脏里藏了台柴油机
成为木炭的梦想毁灭在煤气里
喜欢沙哑的二胡
讨厌冰雕成的烟灰缸
快看天上那只长在翅膀上的猫
奶油味的硫黄和香精
用一块钢铁解析木轮椅上的纹路
擦水晶球

吱吱
用钻头晒枕头

露营与钓鱼

白天
我与他站在撒哈拉的大桥上
拿着没有鱼线的钓竿
当我们认为鱼要上钩时
他便从天空上抓下一个风筝
把它的尾巴别在我们的钓竿上
两匹脱缰的野马撞进胶水
夜晚
他打开天空，拿出一罐饼干与海绵
从海绵中挤出一个电磁炉
在海水里度过寒冷的冬天
两块过期的饼干让仙人掌拉了肚子
第二天清晨
我与他驶回苍老了的起点
驶过大海
车的两个前轮不断长出皱纹
车的两个后轮在这用胶水制成的海里慢慢沉没

秋日佳酿

蠕虫味的酒霸占整个幕布
两片七分熟的叶片布置好了场地
我们早早入场埋好了糖纸
等着篮子散开
这是一件值得提起的事
它不像昙花它没有上眼皮
值得一提的是它那刻了古老铭文的睫毛
那仿佛远离永恒
它也不是很喜欢光合作用
它最长的鼻毛是一根伞柄
串着三十一色的纽扣
它那比橡皮泥具体的话语
贡献出六个标点
吞下悠长的后脑勺
作为这冬天的佳酿

莴苣与豌豆

莴苣与豌豆从笛子孔长出来
迷失在长颈鹿的白色条纹里
莴苣与豌豆被装进斑马条纹住户的长廊的某一面墙里
住户们仅有两只附带吸盘不能弯曲手指的手
他们试着去证明这条长廊的尽头
一只用线段织成的靴子
走在歪脖子树笔直的时光里
会导致香料和料酒加太多
放靴子的地方
是莫比乌斯带上
还是直线上
是面对参考答案
还是面对试着解题到怀疑条件
不过就是每一期的欠款
与欠款总额的选择

吹糖人

清晨磨好竹棒
正午在街口吹糖
叫卖声里跑来一个小孩
我给他吹了一个有红鼻子的小丑
骑着一匹有新蹄铁的马儿
傍晚替太阳整理眼妆
天边响起嘶吼，喘息，嬉笑
收拾行囊，靠在大鳌上
揣着鼓鼓腰包里的真钞

乔陈 的诗

乔　陈　本名马若愚，女，十七岁。重庆市城口中学高二学生。

The Summer Wind

完美蓝图

路过一只青蛙的时候　产房
传来哭声　像鸟
像蚕 一滴雨本该满足
向自身的倾吐　那么迫切
迫切地寻一个远方　一个
比双乳间还要空荡的远方
这片土地多么慷慨　莉莉垂下头
诗人恰巧经过　溺死的躯体
砌起迷人的河流 夜夜流淌
在疯子的眼中　遗落
石间的暧昧变得越发可贵
母亲——
雨水对一片枯叶同样重要　世界不过迟了
半拍而已

画像

你向我走来
月亮撩开白纱
你骄傲着，每一处起伏
牵动我的脉搏
每一声叹息
抽打我的思绪
我听见风，雨，酒盏
以及枝头的秋天

我该用怎样的笔墨
点染你眼中的星空
该取什么数据
概括你发间的缠绵
该用多少贫瘠
填满你的丰腴

万籁俱寂，你转身
洒落一地月光
一直走到
梦的边界

夜之名

雪被自己裹紧
凝视的月亮

被黑夜咬了一口
今夜，觥筹交错
今夜，灯火通明
黑和黑挨得真近
我和床
抱在一起

留白

眨眼便是一梦
莉莉惊醒
数次
梦已不知去向，泪
得回到海里
“只好这样了”
——将郎君剪碎，细细
贴满溃烂的伤口
“不，是剪成伤口
贴在腿上”

她拍拍手
完美而强大
像宙斯

出征

这是最后一次了
我，捧着心爱的栀子
将月光盛满整整，
整整一曲离殇
和着最后一段愁肠
浇淋我烧灼的
脾胃
让这同等灼热的夏
与落叶相逢

梦里我来接你
——那个苍白了头发
身披铠甲的人
可是你?
我拼命收拾起一地泪珠
暂将它们冰封起来
造成桥

从一个黑夜，踏入
另一个黑夜
我的征途
仍会与你相逢

邻

产房里
胎盘被剪断
暴雨，已然来临

四壁冰凉，在他们
的身旁
即是那位
刚被拔掉氧气管的
老人
无奈的叹息堵在喉咙
这一生，已被结束

惊厥的啼哭终止于
母亲的怀中
旅行箱和云，相背而行
天空下的我啊
又是何等的
柔软

风琴

徐 源

杨胜应

朱旭东

马东旭

The tweedle of wind

人　间　短　章

（组章）

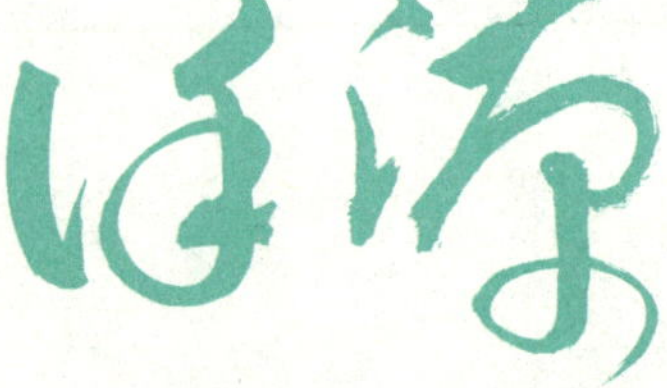

徐　源｜男，1984 年生于贵州省纳雍县，穿青人，中国作家协会会员。曾参加《诗刊》社第二十七届青春诗会、《散文诗》杂志社全国第十七届散文诗笔会，获第四届扬子江年度青年散文诗人奖等。著有诗集《一梦经年》《颂词》，散文诗集《阳光里的第七个人》。

密密匝匝的根须深入大地内部，硬朗而墨绿的叶片迎着朝阳和雨露，也恭候着风霜与雨雪。我的故乡，用一株柑子树拴住了我最后的一枚纽扣；我的故乡，用一株柑子树预留住了我最后的酸楚。

快递诗

打装包裹的女人，不施粉黛，穿浅红色衬衫。

她对我说，有熟客寄包裹，偷偷寄了一支血，被查出，快递站被罚三千元。

一支血，从云贵高原寄到远方，一定有它的原由。我想起二十年前的血站，人们成群结队来卖血。

脸，是云贵高原炼的生铁。

血通过派送，活在别人的身子里，从此与寄件人，没有关系。

我想起，世界立体原则。而快递站是扁平的，人也是扁平的。

秋天是扁平的。

我的血管在时光里，颤抖一下。那一支血呢？我问。

她笑而不答。云贵高原，浅红色的衬衫印着一些小花，图案如隐喻的人间，原野上的影子盛开，我们陷入沉默。

招魂诗

达那村为客死异乡的徐二牛招魂，全村人站立村口，喊得众鸟惊飞。

陌生人牵着马，从风中走来，穿过我们身子。

村里的老布摩有一本经书，经书说：达那村不是云贵高原的眼睛。

每座山是一块碑，每块碑是一扇门。

我时常梦见，闪电被树枝折断。

徐二牛死后，去了人间，那是炼魂最好的远方。

掘坟诗

风排列天干地支。

因修路，玄祖母坟搬迁，宗亲十余人，至坟前，掘之。

玄祖母生于清末，卒于民国。

掘至穴巢，土疏，质地细腻。掘至穴底，不见棺木，唯几根黑骨，躺于其间，仿若阴沉之木。

骨零散、谨慎，散发土壤清香。

手戴红布条的捡骨者，触摸八十年前，一位农家妇人微弱的历史悲苦，和温度。

想玄祖母，当仪表端庄，温顺贤良；想玄祖母，身逢乱世，命自坎坷。

粪土当年万户侯，何况一介草民。

云贵高原，每根黑骨，听见风——

我们下跪，雪花粗糙、卑小，是时间的泪渍。

沙眼诗

我的祖母，是一位挑沙的好手。

她用细针在人们的眼里，挑出一丝丝血。

那些人啊！他们经历过自然灾害，也消损掉晃荡的青春。

他们热爱生活，并一生致力于仰头，面对太阳。

面对太阳，生儿育女，呼唤或者沉默。

我的祖母，用细针从他们的眼球上，刮下阳光。

就像我用小刀在潮湿的土墙上，刮下了标语，或梦想。

那些恩赐于我们的主，比如大自然、时间，同时也让我们忍受恐慌。

多年来，患眼疾的人们，流着泪，在大地上移动，并试图拼凑重叠的人心。

太阳诗

燃烧时间与空间，并轮回我的每一天。

大风推着命运从平原上滚过，它长长的无尽的轮辙，一截是人类的历史，再其中一截是我焦渴的生命。

我的族人，用针把太阳文在额头。

它燃烧信仰与真知，每一次死亡之后——

黑色的灰烬仍升起闪亮的星辰。每一颗，都是人类卑贱的头骨。

大风诗

从大风里走出的人，把枯皱的马皮铺平，他的眼里流出黄沙。

他唱一首歌，声音在破旧的旌旗上颤抖。他已经很累了，而时光袭地而来，那么汹涌。

他看到许多人正在变成影子，他看到许多历史正在化为尘埃。

而大风，它将把一切晦暗的事物擦亮——

又把一切光芒吹熄。

他看到他死亡的骏马，由大风组成，打着鼻响，在人类的悲伤中站起来。

蓝色诗

有人约我，在夜晚点燃骨头。

为此，我们需在夏天把骨头晒干。最好，剔除它里面的钙、镁、锌，留下磷；最好，剔除它里面的高傲，留下卑微。

如果您在孤独中看到蓝色的花蕾，它向你招手，请不要把它吹熄，因为人类无尽的悲伤，终会在微风里，呈现美好的一面。

因为，时光从原野上轰隆隆碾过，每一只孤魂，也将盛开为蓝色的月光。

而立诗

人到而立，喜欢叼一支烟，在沉闷的夜晚，吐出一团一团蜘蛛网。

然后，他在网中，看到网外的人谈笑着把灯光推向半空。

故乡在酒杯里，晃荡一下。

吞下迟来的晚风，他有了想抱紧一位陌生人大哭的冲动。

他们就那样哭着，彼此不认识，而又抱得那样真诚。

然后，生活总以多种姿势，像蝴蝶的灵魂——

停息在他们扔弃的烟头上。

石头诗

有了愤怒，你就燃烧；有了痛感，你就咆哮。

蚂蚁那么小，我们把它养活；牯牛那么倔，我们把它驯服。

乌蒙山，最让人心里没底的，是变化莫测的天气，和一块石头的命运，它可被焚为石灰，也可用来砌猪圈，或打磨成一块碑石。

它也可站在最高的山上，雷打不动。

——这些，都没人间的事复杂。

人世间，最让人难缠的，莫过于有文化的小人，和无素质的妇人。他们可理直气壮走进你的身子里，像摘南瓜一样随意摘走你守护的善良。

石头以固执的斑纹，选择沉默。

人类生气的时候，多么可悲！就像一块铁，不断生锈，不断剥落最后的光芒。

从内心出发

（组章）

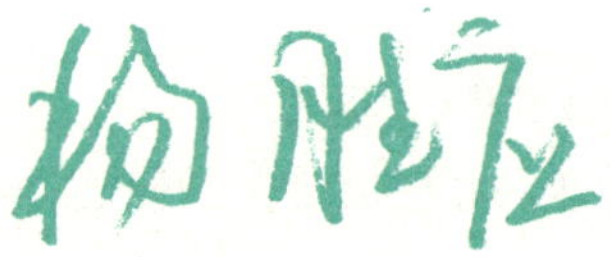

杨胜应（苗族）｜重庆市作家协会会员、四川省作家协会会员。作品见于《诗刊》《民族文学》《星星》《诗歌月刊》《四川文学》《扬子江》《江南诗》等。曾获扬子江年度青年散文诗人奖等奖项，多次入选《中国诗歌年选》《中国散文诗精选》等年度选本。著有长篇小说《川北风》、散文诗集《从内心出发》。参加全国第十八届散文诗笔会。

密密匝匝的根须深入大地内部，硬朗而墨绿的叶片迎着朝阳和雨露，也恭候着风霜与雨雪。我的故乡，用一株柑子树拴住了我最后的一枚纽扣；我的故乡，用一株柑子树预留住了我最后的酸楚。

灯之语

在故乡，只要还有一株柿子树站着，便还有值得清点的灯亮着。

你会看见金黄的光芒，从树上回到地上，回到秋天的沉默里。唯有童年的声音，才能够和旷野里的虫鸣制造回声。

这时候你看见的影子，比担着重担的老人还要孤独。

它们很慢，在曲折的小道上，咳嗽、喘息、流汗，就像蚂蚁在枝丫上练习走绝境。

生活永远都是一块肥沃的土地，周围是栅栏，拦住一些东西，放过一些东西。在故乡，柿子树挂果的时候，如果鸟在其间鸣叫，蜜蜂在其上嗡嗡有声，你会觉得温暖，就像柿子风干以后，不仅是一枚柿子饼，更是一首被山间岁月清唱的民歌。

你想要的蓝是蓝天的蓝，你想要的白是白云的白，你想要的清是清泉的清，你想要的芬芳是大地的芬芳。

怀念一株柿子树，就像许下一种希望："柿子年年会回到树上，游子年年都有回不去的故乡。"

香椿芽

当雪开始融化，寒风开始远走，空寂的庭院露出椿木树的样子，故乡的春天就是一幅优美的画卷。

这时候的清晨，每个孩子都有一双早起的父母，每家每户都有挥动鞭子驱赶的牛羊和等待盛装的篮子。牛羊跟随父亲上山，白云和晨露沿途开始入诗，不是唐诗就是宋词；而母亲提着篮子，回到菜地，回到春暖花开的生活内部。她会用炊烟向远方呼喊，像一种蓝追求着另一种蓝，只剩下深蓝。

当阳光从东方大地边缘亮出来，群山开始隐退，山居图露出椿木树带着烟火的破绽，故乡的辞典里闪耀着一组组朴素的词。

这时候的早晨，每一个留守故乡的人都得接受湿润、光照、发芽、成长，允许万事万物突破固有的秩序，像鸟、风、泉水一样自由。这时候的早晨，每一个远走他乡的游子都有一个燕子衔泥筑巢、蚂蚁背负食物返程的故事。如果香椿芽般柔嫩的故乡来袭，不抓紧时间窃取，就算新建一座忏悔终生的寺庙，也难以找回密密匝匝的根。

油茶树

当故乡的草木都像油茶树一样充满生命力的时候，我已经准备好了吸管，只待油茶花开，偷偷窃取一些蜜。

当甜蜜的油茶花开败，故乡回到春天最美的画卷里，我已经准备了好吃的小嘴，只待油茶泡长成空心的样子，静静地咀嚼着那些酸。

当甜蜜和酸都消耗殆尽的时候，我已经得到了乡音的默许，取一些油茶树叶，当铜钱来使用，我要买一些旧历。最好是把儿童时的欠条赎回来，最好是用盛世经典的华章把少年时代错过的邻家女孩娶过来。

当月光从窗户如泉水般撤退，梦已经进入了尾声，我能够做到的，无外乎推开窗户，像油茶树一样起身，张开双臂，打开心胸，恭候着被时间借走的阳光、雨露、虫蚁、鸟雀……逐一从千里之外的故乡返还回来。

当阳光再一次升起的时候，我要重新给它们命名。好听的都给它们，粗鄙的都给自己，特别是被人叫了无数时光的小名，我允许，有一天，故乡用黄土草草予以掩埋。

酸与低头

终生与大门为伍。

像人的两个笔画，一撇一捺守着古老的家。

密密匝匝的根须深入大地内部，硬朗而墨绿的叶片迎着朝阳和雨露，也恭候着风霜与雨雪。我的故乡，用一株柑子树拴住了我最后的一枚纽扣；我的故乡，用一株柑子树预留住了我最后的酸楚。

承载梦想的孩子，得在背负信仰的柑子树前面加一个酸字。唯有这样，故乡的大地更厚实，故乡的天空更深邃；展翅翱翔的孩子，得在写满誓言的柑子树前低头。唯有这样，故乡的炊烟才有故事，与故乡有关的游子才有出处。

扎根大地才有源源不断的力量，面向天空才有朝气蓬勃的希望。

当人和树合二为一的时候，只有那催人老的时光，才能够让他们在清贫的日子里，守住石头的本心，并让姓氏，一点一点泄露出来，成为一种令人敬畏的墓碑。

只到这时候，被孤独长期命名的酸，才会转化成咸的，苦的，甚至是痛的，悲伤的。

说故乡

说到故乡，那些草，那些树，那些小道，那些木屋，那些鸡鸭和牛羊便走到我身边来了。

温暖一定是从屋檐落下的第一个生动的词。

父亲在这个词语里提前出门，母亲在这个词语里开始翻身。

我在这个词语里做梦。感觉到铁器的微凉，感觉到炊烟的飘散。

还有一条小道，任凭我怎么走都走不完。

往左边是通向后山的道路，后山有菜地，母亲会在那儿摘菜，弯腰的时候，刚好把早起的太阳背起。

往前面是走向场镇的大路，场镇上有车辆驶过，一些亲人们被带去远方。仿佛他们就是为了投奔太阳而远去。

往左是通向田地的小路，父亲在那儿犁地，他擦拭汗水的时候，仿佛有着对阳光的敬意。而他侧身，就是为了闪过阳光的拷问。

方格子

一直以为最美丽的方格子，莫过于小时候作业本上的空白。允许我们照搬照抄，允许我们写错别字，并用涂改液纠正。其实，那不过是停留在表面的成长过程。

那个过程，我们是天真的，无知无畏的。总带着叛逆的小心思，把不是规定的内容，填充进去，就像做出了伟大的决定。就像放弃学习，只身南下，在滚滚洪流中，学习炼金术，最终，不过是一件重复过的产品。

现在，眼前的油菜花和麦地。黄与绿有着清晰的界限。我感受到了方格子，被一种庄严、肃穆、热烈、芬芳布满。这种满是可以溢出来的，是可以代表喜悦的。

这是一种浩荡，这是一面面纱，它们让老屋显得更加孤独。虽然不算盛世经典，但也可以称得上独树一帜。在这样的人间出生，羞愧总是满山满园；愧疚必然流水潺潺，芬芳阵阵。

稻香

稻香，应该有一丘田。田里要有水，有秧苗，有稗子，有稻谷，有稻草堆积和蚂蚱。

稻香，应该有一条路。路上有坎坷，有草木，有虫蚁，有足迹，有向家抵达的阶梯。

稻香，应该有一张桌。桌上有碗筷，有美色，有暖意，有赞叹，有宾客会聚和亲情。

稻香，应该有一片月。月下有牛羊，有波光，有鸟雀，有人影，有露珠摇曳的清晨。

其实，稻香还应该有一个黄昏。人们把镰刀和箩筐放在屋檐下，来不及洗去尘埃，就开始升起一股股炊烟。不等炊烟散尽，就忙着端起碗筷聚在一棵棵古老的枫树下，说过去的风光，说今年的收成，也说来年的期盼。直到月亮升起来，给山村洒上一层银灰，才走进更深的梦境。

其实，稻香还应该有一种态度。当所有的水都沸腾了，那颗粒饱满，金光闪闪，带着灼人体温，沉默的稻谷才会以集体的名义，向土地低下高贵的头颅。

静坐

此刻，仿佛自己就是群山的一部分，仿佛自己就是故乡连绵起伏、群峦叠嶂中的一座。

阳光明亮的早晨，野性来源于脚下敦厚的土地。是它们让大地生机盎然，熠熠生辉。哦，我想说的是那些肆无忌惮突破自己，把成长、盛开、表达和追逐演绎得淋漓尽致的草木。和它们在一起，我怀揣着整个人间的涟漪。

静坐如此地让人着迷。仿佛自己就要高出整个世俗了。就像那些落地的云，就像那些缓缓升起的炊烟，轻飘飘地，灵魂般颤抖着，因为晨露，因为朝阳，因为溪流，因为花蕊，因为一切一切充满野性的讲诉。

这是一场声势浩大的耕耘运动，我静坐着，就像一个焦距。可以看见的光，被忽略的暗，都是不可遗失的梵音。

谁能够看见我内心的深邃：我们一直活在渴望被保佑、守护的王国里。我们因为不断地爱，正在成为有罪在身的人，我们就要为自己臣服。

棉花的话

母亲把种子放在地里，把安静、希望和成长交给了沉默和一小片的黑暗。母亲定然不知道，越是辽阔的土地，越有自己惊喜的表达。棉花突然开了，母亲愣住了，她觉得有什么东西在喊她，她哽咽着，这么多年了，终于开了花。

母亲把这些棉花在秋天收取回来，制成一床可以收集温暖的棉絮，在阳光下晾晒着，等它蜷成一团包裹从万水千山向我走来的时候，我就听到了母亲的话，在时间里一点一点地蔓延着，像春天嫩绿的絮叨，有着万事万物精简后的温柔。

每个夜晚它都收藏我，我躲在它的怀抱里像海子。

多少次我都在怀想，我一定也是一枚种子，母亲种了三十一年了，这么多年来的黑暗掩埋着我，我一定不能够输于我的同胞们，坚持、勇敢、执着、奋进，一定能够穿透黑暗的迷宫，获得破土的快感。

有了快感就叫喊啊，我该喊什么呢？是给天亮说晚安？还是喊，妈妈，彼岸太近，所以选择远离？或许，什么都不是，在有声的世界里，万事万物都是没有声音的，一朵棉花的盛开，只不过是一滴水，在脱离海的真言之后，开成一片白云的样子。

坚硬或者柔软的命题 （组章）

朱旭东

朱旭东｜1990 年生于甘肃成县。诗文见于《飞天》《作品》《山东文学》《四川文学》《安徽文学》《延河》《诗刊》《星星》《扬子江》《青年文摘》等刊物，获第四届扬子江年度青年散文诗人奖等奖项，入选《中国 2016 年度诗歌精选》《中国诗歌年鉴》《中国当代诗歌导读》等选本。

夜晚，也常常仰望星空
把脚步走不到的路竖起来

知识改变命运

作为行李，这些书具有其他物品无法比拟的重量。
你们原本在我的办公桌、讲桌或是阳台的椅子上，在城市的一隅，有着儒雅的慵懒。
我按课表给学生们讲课，按心情聆听你们的教诲和生活的秘密。
面对衣食无忧的城市学生，我仍然在传递：知识改变命运。
现在，我领受父母之命，你们得跟着我从城市回到家乡，一生去乡下教学。
把打钟的声音从某一页撤下来，留着会徒增回忆的重量；
把闪烁的霓虹从某一段话中删除，留着会磕疼纯白的月光；
把彼时的成就感从字与字的空隙拔出来，留着会绊倒孤独的眼神。
听说，我的新学生有不会写作文的，我更得带着你们——我的依靠，我的老师。
你们仍然会出现在我的办公桌，想一想和你们同种肤色的煤块如何发热发光；
留在讲桌上，听清澈的溪水中光阴如何潺潺流淌；
在宿舍，我只能把你们放在上铺，去看窗外的风如何评判松针和麦芒的针锋相对；
学生离校后的夜里，我还要心平气和地翻开，听你们继续讲述知识改变命运。
只是返乡途中，你们却成为我最重的难题和最深的困惑。

文字城堡

让我呼吸加粗加重的不止那些曲折迂回的台阶，还有安置于悬崖峭壁处的门窗。
穿过声音的丛林，在一处僻静之所，我追随书脊的线条，试图进入一座文字城堡。
湿漉漉的锈迹将文字的结构紧紧锁住，只能看到轮廓，露出时间的裂纹。
前人留下很多标记，却不是我的指引，我只是追随某种预感。
走完所有台阶，我所看见的门仅仅是一道禁止进入的指示牌。
文字与文字之间的契约秘密而深邃，恰好我是被拒之门外的一类。
透过窗，它的水晶吊灯、旋转扶梯、思想核心都有固执的秉性。
一面镜子昭示出，阅读技艺的欠缺，使我得不到一张通行证，无法跨越这一道悬念。
小说，笔记，哲学……一座无法归类的文字城堡，贮藏着我无法识别的文字符号。
从某种跨越不了界限的有限权力中，我获取迷途知返的意义。

堤坝

同一方向上的眼睛在注视并铭记，水边芦苇迷失前的一次喁喁私语。

残损的水滴使一切越来越沉，显然，横竖都无力掰开。

擦去传统涂抹的上善装扮，水滴执拗，蕴涵波澜于心底。

在一叶倾覆的扁舟中翻找遗落的神兽，伺机还施彼身。

坚硬的石质则以斜坡姿势，摸索现实意义中的水的脾气。

捣烂现有的智慧，熬制解药，驯服或者灾难，势必成为苦果。

如何心悦诚服地彼此依靠，像骏马在草原体内活过一生？

四野苍茫，唯有耕种、放牧，借助培育生命而拓展视域。

一座水坝一直在我内部汹涌，从形而上淹没我的农田和牧场。

双手合十，无法施展隐身术，向铁面的神交出一生潦草。

影子的重量

往事在逃荒的路上瘦骨嶙峋，为了隐姓埋名，就改叫遗忘吧！

你坐在这条路的石头上，心绪被路边的三叶草平分给了三个方向。

其中一个通向你的过去，你回不去，感叹号标注了一地。

阳光，雨雪一样落下来，被最低处的事物悉心收拾，折叠起来的温暖没有重量。

对你而言，有重量的部分岁月难以折叠。

原封不动地压在你身体的左边，被往事一碰即疼的位置。

是的，温暖以阳光的形式，落不进你的影子之中。

你的影子是一堆隐喻的灰烬，带着每个人都要面对的灰黑色。

与一块石头完成一次次重叠，你和你的影子坐满整个石头。

石头承受着双份大于自己的重量，它会把坚强全部交给你。

习惯把影子甩在身后，前进的惯性足以拖动任何重量。

坚硬的秘密

你听，那只蝉又在另一个午后飞鸣，身后只有它飞过的夏季。

你头顶生长的草原，只属于告别旅行的蒲公英。

你的手指，竖起就是十根小树，长满阳光。

没有枝桠，没有叶子，像没有岔径的路不藏秘密，唯一的方向是通向不上锁的门。

当风飞向那十根小树，你会用不适合流泪的眼睛呼应，带着幸福也带着忧伤。

“其实它的疼痛不全来自麻雀，其实它会死在死亡的途中”。

你在我不曾抵达的地方说起，那凄楚鼓动的风告诉了我。

我的手沉甸甸地藏在兜里，手里攥紧了，随时间坚硬的秘密。

除了我，只有流云擦净的湖水才知道。

仰望天空

昼有流云，有欲滴不滴的湛蓝；也有雨雪，有悲喜莫辨的阴晴。

夜有星月，有迷途知返的鸟雀；也有萤火虫，有不加修饰的光芒。

流云、鸟雀、萤火虫，慢的或者快的，有动态的牵引。

即使如蛙，坐井观天，也可以用不同的视角仰望。

夜晚，也常常仰望星空。

把脚步走不到的路竖起来，让目光爬梯子一样，去抵达仰望的高度。

有所忌惮的是和太阳对视，金色的重量可以把人的感官压垮。

面对能创造生命的原力，内心深处是敬畏最好的去处。

溪水潺潺

终究还是遇见了源头。

从被大自然凿空的一块巨石中涌出来，渐渐溢出边沿。

这些水，脱下石质的外衣，裸露出手脚。

天地之大，外面的世界可有所作为?

在谷中游走，一路穿上草木的围裙，落叶如纽扣，解开时又是春天。

潺潺流动的脾气与花花草草的性格相映成趣。

被大地雕镂，山谷犹如镜框，框不住怀揣大海的心。

泥土入水，撤下一道迷障，你有你解锁的方式，向前投掷纯净的目光。

由此，我们可以同行。面对生活，借给你语言，可供嬉笑怒骂。

证词

（组章）

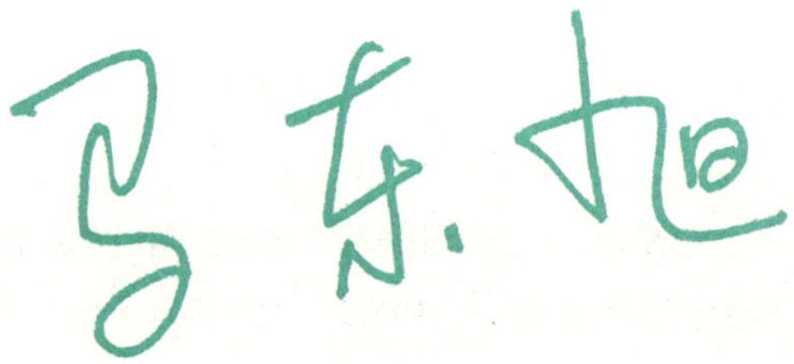

马东旭｜河南省宁陵县人，八〇后。诗歌散见《人民日报·海外》《诗刊》《青年文学》《文学报》《星星》《诗歌月刊》《扬子江》《时代文学》等百余种文学期刊。2014 年受邀参加第十四届全国散文诗笔会。获得中国散文诗人金奖、第八届中国散文诗天马奖、第三届大河主编诗歌奖、扬子江年度青年诗人奖、河南省散文诗优秀成果奖等奖项。

证词

存在即是存在的证词。

眼睛看到的一棵梨树是存在的，它内部的尖叫和火是存在的。

到了秋日，它以遒劲的枝条支撑冷峭的巨大的天空。我分辨不清的灰烬在大地上是存在的，它属于万物。一日，当我吞下它的果子，以为吞下了它的全部，其实是树的一部分真实地长进了我的骨头里。

从正面看，它有一个悬挂的深渊，中心如黑洞。从侧面看，它是一个老女人的黄脸布满了星辰，但有一颗甜蜜的心，也是一颗晶莹的玻璃心。

当我把它熬成梨膏，它的拉丝又黑又亮，呈现出凝涩，是漆黑的泪水涌出树的眼眶。它不需要我们为其画图，画图难足。

墙根

村里的鳏寡都去了哪儿。

墙根。

太阳尚在。

屁股下光溜溜的檩子已开始生锈。我看见过他们坐成一排。有时发出一丁点儿声响，但不问村庄之外的事物。有时沉默，像一块块石头长在无人造访的山顶。戊戌腊月，从西伯利亚吹来的北风一下子刮走了笆斗、抓钩和箩斗这三个温良的老人，他们的心肠都柔软如尘土。这北风又移向了豫东大平原和更远的海。

缺少老人的墙根，难以保持墙的完整。虽然墙的存在毫无意义。我不属于他们，也将属于他们。

一切皆由时光塑造和溶化。

包括灵魂。

我一直信奉的。

瓦楞上的草

它长得真实而迅速，但长在屋脊上就显得多余。

它左摇一会儿。

右摇一会儿，诱惑着天空。

白色的根须甩动滂沱的雨水，它是一只瓦片暴动的肇事者。我讨厌它秘

密密匝匝的根须深入大地内部，硬朗而墨绿的叶片迎着朝阳和雨露，也恭候着风霜与雨雪。我的故乡，用一株柑子树拴住了我最后的一枚纽扣；我的故乡，用一株柑子树预留住了我最后的酸楚。

密行动，悄无声息就占山为王。无论风怎么刮雪怎么压霜怎么打，瓦楞上的草都不会亡命，只会让它的种子从一座屋顶带向另一座屋顶，屋顶连着屋顶铺展在天际。

它是乡下人生老病死的见证者，也只有它读懂了世态，一如旧时王谢堂前燕。

在缓慢的时光中。

互相追赶。

有时能触到人类柔软的肉体。

宁陵金顶谢花酥梨

金秋八月。

有梨为人间上品，它自带光芒是金色的。所有的河流回到清净的本源，包括古宋河、毛张河、申家沟东沟，秋色连波。我担水砍柴采梨果，名为金顶谢花酥梨，无非妙道。梨行里有小径，薄雾轻锁。我不会迷，我有无限的清醒装作糊涂。我悟了自度。如果迷了，就寻找三人行必有我师焉。

我饮酒，听箫鼓。吃一口宁陵梨啊，真是得嘞很。

不哀时间之须臾。

不羡长江之无穷。

只看那，肘歌演员在良辰好景中虚设。卸妆之后，爱恨情仇都化为炭火的白灰烬。唯有十万亩梨子长得真实，圆满如功德，在秋风中安抚采摘的手。劳动的手显露出手的核心真实义。

申家东沟

若来。若去。

若有。若无。

我说的不是如来，是一条河流的支流究竟无我，无究竟，它养育了两岸的十万人家。这里的金顶碰着星海，星海连着星海，垂向辽阔的大地如恩光。我仰望，如此深邃。秋风原上，发出机器的轰鸣声。

是密集的旋耕机。

在旋耕。

我们之所以存在是因为我们应当存在，是因为有肥沃的土地，潺潺的水，宅边青桑垂宛宛，那洁白的羊群是洁白的火焰给身体以庞大的温暖，于此养生丧死真的无憾也。我敷座而坐，在申家东沟以东，闭目也能感知到古老的陈楚之风习习，士人敦厚。这是我必须保持的姿势。

废黄河

映着一小块夕阳在平原上守口如瓶。它曾有天地境界，远上白云间。但现在，它回到了自然境界，又细又小。

与三两棵烟树。

相伴。它是黄河的一滴好水，遗落在宁陵。它隐蔽在自身的岑寂中，岑寂而缓慢地流淌，一会儿出，一会儿没，一会儿出没无常，驱动浩浩天空。上有黄鹂发出清脆的妙音。

以好水，造好酒。名为张弓。

但不允许贪杯。以好水，泽被大地上的万物，万物皆有仁性。一条旧河，是我身体里非理性的部分。

如黄淮大地捧出的一枚贝叶。

闪烁着幽幽之光。

清风塘

莺穿柳带。

牛羊著了相，只啃新鲜的青草。我读四书五经，悟做人的微密。有些人看不见塘中的水，只因水没有颜色。但能看见一叶扁舟轻帆卷，我确定扁舟上的老翁，不是打鱼的。因为水至清则无鱼。他在修，朱子的道。坐，陆子的禅。

能否齐家、治国、平天下，不好说。但他一定扔掉了内心的斧头和斧头帮。与清净的水同体，灵魂已被一行白鹭带上青天。天青得令人跺脚。

好像。

让他一人所拥有。三月的清风有良知，徐来。吹向一花一世界，一叶一菩提。吹向老翁归于潜默。在水中遇见真实的自己，一点也不虚的自己。

清水河

清水河，静水流深。

梨花岛，大美无言。

当我们凝望二十万亩梨园时在九月，金黄的蜜语围拢着房舍。净的水。净的土。净的空气。

成就了每一个善果。

我们拂去心灵之尘，心无挂碍。我们护佑着丰饶的平原，正如平原护佑我们。居于长寿之乡，采菊于东篱之下，时光好慢，好像在等着灵魂，我们真的感觉非常幸福。于此，万物回归它自己的位置，我必须赞美。

我看到披雪的额头，一个人。

在清风中走成一支队伍，踏遍茫茫的宁陵大地。

黄河故道

逝者如斯夫。

但我信奉我的存在和存在主义，也信奉我的不存在，也就是无我，是的我将无我，无小我。这是伟大的圣辞。

天籁、地籁、人籁，如同一个个圆圈。我站在圆圈之外，听万籁而不被万籁的余音所绕。我看见了黄河之水天上来，看见它奔流到海真的不复回，双手抓不住一滴。抓不住的还有很多，实相的和无相的。

我仰观宇宙之大，有的鸟集体主义。有的鸟个人主义，它依附于树梢，它是它自己的风景。展望未来，我是唯一，且存在于当下的一念，由无数个一念组成。

此刻，我把手里的青秧插满田。

我们男人，我们和爱着的天地一体，如此亲密。低头便见水中的蓝天，我称之为宁陵蓝。

太平沟

取一瓢水。

洗脱。

体内的戾气、颠倒、分别。其实是用一瓢水洗心。结庐在太平沟的草畔，没有车马之喧，我受持读诵，时时拂拭。让自己混同于蘋花，风吹蘋花，蘋花动，但我如如不动。

片帆高举。

从何处来，又到何处去。

我还看到细细的涟漪晃动着金色的光芒，一只白鹭鸟濡沫着另一只更小的白鹭鸟，多么温馨。作为太平沟的人，活在惊人的寂静中，甘其食，美其服，安其居。

人与自然。

与宇宙的合一。

是我们永恒不变的追求。有时能听到古老的葛天氏之乐从天上飘来，乐其俗啊。在草畔洗心，其实是让一颗心，致良知，在出世与入世间取一个黄金分割点。

诗人应该对谁说话？诗人该对谁负责？诗人的表达如何才能充满效力和活力？当不断谈论“诗性正义”的时候，我们还要清醒地意识无论是从时代景观还是个体经验或想象力出发，诗人都应以诗歌特有的方式及内在秘密去进一步拓展“诗性正义”的边界和内涵。

风声

The voice of wind

霍俊明　河北丰润人，中国作协创研部研究员、中国作协诗歌委员会委员、首都师范大学中国诗歌研究中心兼职研究员。著有《转世的桃花——陈超评传》《于坚论》《无能的右手》《陌生人的悬崖》《喝粥的隐士》（韩语版）《诗人生活》《有些事物替我们说话》等专著、诗集、散文集等十余部。曾获政府出版奖提名奖、国家哲学社会科学优秀成果奖、第十五届北京市哲学社会科学优秀成果一等奖、第十三届河北省政府文艺振兴奖等。曾参加剑桥大学徐志摩国际诗歌节、黑山共和国拉特科维奇国际诗歌之夜、第八届澳门文学节。

诗性正义与内在秘密

POETIC JUSTICE AND INNER SECRETS

霍俊明

全球化时代的物化主义、经济驱动、速度景观以及消费阅读的支配法则使得“现实”面貌和“诗歌”的功能都发生了很大变化。那么，诗人应该对谁说话？诗人该对谁负责？诗人的表达如何才能充满效力和活力？

这种种疑问与歌德的《诗与真》以及西蒙娜·薇依在1941年夏天的吁求发生了遥远的呼应。这最终关涉的是诗歌的诗性正义与内在秘密。

1

诗人通过个人化的现实想象力、求真意志和精神词源在写作中重建“当代经验”“现实景观”并进而承担“诗性正义”是可能的也是必要的。在不断强化诗人“现实话语”和“当代经验”的吁求中，在诗人与公共空间和社会话题的频频互动上，写作者如何把个人的经验转变为整体化的现实经验和历史经验就成为诗学和社会学的双重命题。实际上，现实见证的急迫性和诗歌修辞的急迫性几乎是同时到来又具有同等的重要性。

“诗性正义”在任何时代都在考验着诗人，尤其是对于莫衷一是、歧见纷生的当代汉语诗歌而言这个话题更有必要性和紧迫性。这也是进入繁乱的诗歌现场和诗人整体性精神情势的必经入口。与此同时，“诗性正义”因为“社会经验”的变动以及自我能动性而在不断调整、更新，其话语要素和侧重点就会有所不同，比如启蒙、人道主义、人性、社会批判、劝诫向善、精神净化、伦理修正、道德化以及反道德化、非道德化等等。当然就诗歌自身的特性而言，诗人也并非裁判、公诉人、审判员和调解员，“他不像法官那样裁判，而是像阳光倾注到一个无知者的周围”（惠特曼）。

“诗性正义”不仅与时下具体的诗歌现象和整体生态有

西蒙娜·薇依(Simone Weil,1909—1943)出生在巴黎一个文化教养很高的富裕的犹太中产阶级家庭。在亨利四世中学曾受教于当时著名法国哲学家阿兰(E.A.Chartier dit Alain 1868—1951)门下，深受其影响。

关，而且与诗歌文体认知有关。如果诗歌能在“少数人的写作”与“多数人的阅读”之间取得有效平衡，这是最理想不过的状态了。诗歌与现实是一种空前复杂的咬合式的互动结构。优秀的诗人能够将个人视域和现实纹理以及历史褶皱彼此打开、相互激活。诗人沉浸于个人经验和私人生活并不能作为回避现实问题和整体历史情势的借口。从诗歌的功能来说诗人予以见证也具有必要性，比如米沃什所说的“诗歌是一份擦去原文后重写的羊皮纸文献，如果适当破译，将提供有关其时代的证词”，但是那些暂时逸出、疏离了“现实”的诗歌并非不具有重要性。最关键的是诗歌表达的有效性，有时诗人在现实面前的“转身”“后退”甚至“沉默”也是一种“介入”态度。

2

如果只是从诗人的社会责任、正义良知以及对公共空间、现实生活介入的角度理解“诗性正义”，我们近乎本能地把杜甫作为表率。与此同时，越来越多的当代诗人正试图重新找回杜甫的“声音”。

显然杜甫已经成为汉语的化身以及中国诗人精神的原乡，成为贯通每一个人的“绝对呼吸”。早在1989年，西川写下了《杜甫》一诗：

你的深仁大爱容纳下了
那么多的太阳和雨水；那么多的悲苦
被你最终转化为歌吟
无数个秋天指向今夜
我终于爱上了眼前褪色的
街道和松林

诗人应该侧重的是杜甫式的个人记忆能力、语言现实感和诗性正义——比如多样化的诗歌体式以及复杂的表现策略，因为诗人与现实的关系并不是单一的模仿或反映，而既是现实关系、伦理关系又是修辞关系、改写关系，“仿佛我得到了一个颠倒的望远镜，世界移开了，一切东西变小了，但它们没有丧失鲜明性，而是浓缩了”（米沃什：《一个诗的国度》）。

质言之，诗歌视界中的现实既是修辞问题又是实践问题，这可以具化为题材、主题和意识形态方面的可写的和不可写的、允许写的和不允许写的。诗歌的“社会功能”是以语言为前提的，“诗人作为诗人对本民族只负有间接义务；而对语言则负有直接义务，首先是维护，其次是扩展和改进。在表现别人的感受的同时，他也改变了这种感受，因为他使得人们对它的意识程度提高了”（艾略特：《诗的社会功能》）。

2019年溽热的夏天，在由北京开往天水（古称秦州）的高铁上我一直回想着公元759年天下大旱之际辞官的杜甫流寓秦州时所作《秦州杂诗》的情形。人们习惯性地把杜甫限定在社会学层面的“现实主义诗人”，但对“现实”“现实主义”的理解恰恰应该是历史化的。杜甫是现实抒写的集大成者，而当代诗人“向杜甫学习”“向杜甫致敬”不应该成为空谈，应当像当年的杜甫那样真正地理解生活、想象生活以及再造语言生活，并通过诗歌把个人现实转化成为历史记忆。

杜甫是我们的“同时代人”，杜甫是我们每一个人，所以他能够一次次重临每一个时代的诗学核心和现实场域。这是诗人和生活在感应、回响中建立起来的语言事实和精神现实，它们最终汇聚成的正是超越时空的伟大精神共时体。

3

当我们热议诗歌的社会性、及物感以及诗人的社会责任和现实功能时，一定程度上却忽略了诗歌自身隐秘的构造以及精神主体的特殊性。更多是习惯了围绕着诗歌的社会功能、政治功效和时代伦理将诗人写作现实作为规定性动作，而故意或不经意地远离了诗歌的核心和诗人的“语言”要义。诗人在语言中创造了一种新的“事实”，而只有深入诗歌或安

托马斯·斯特恩斯·艾略特(Thomas Stearns Eliot)(1888—1965)，英国著名现代派诗人和文艺评论家。出生于美国密苏里州圣路易斯。先祖是英国萨默塞特郡东克地方的鞋匠，1670年迁移居美洲波士顿。他的祖父迁至圣路易斯，创办华盛顿大学1872年任校长。父经商，母夏洛蒂·斯特恩斯是诗人。他的家庭一直保持新英格兰加尔文教派的传统。1908年开始创作。

静或紧张的核心，你才能发现诗人在那些可感的事物表象和日常经验背后的深层机制。

无论是“诗性正义”“诗性的正义”或“诗性与正义”，其前提都是“诗性”，只有通过词语、修辞、经验和想象所构成的“诗性”才能成就诗歌的品质、成色以及诗人特有的人格和“精神肖像”，而非单纯凭借伦理道德以及公共现实预先具有的优先权而僭越了本体意义上的“诗”。就“诗性”与“正义”平行关系而言，“诗性”也并非就被偷换概念成了“纯诗”“不介入的诗”的说辞。无论是从“诗言志”与“诗缘情”并行发展的诗歌传统而言，还是从诗人很长时期内作为启蒙者、文化英雄、社会精英和知识分子的身份而言，诗歌都有责任通过美善、道义、法度和良知对公众、现实和时代发声或表态——当然前提仍然是“诗性”。诗歌起码不是（不全是）道德栅栏的产物。米沃什在谈论波兰诗歌的现实题材时强调：“它是个人和历史的独特融合发生的地方，这意味着使整个社群不胜负荷的众多事件，被一位诗人感知到，并使他以最个人的方式受触动。如此一来诗歌便不再是疏离的。”（《废墟与诗歌》）

现实必须内化于语言和诗性。无论是从个人生活还是从时代整体性的公共现实而言，一个诗人都不可能做一个完全的旁观者和自言自语者。

无论是个人元素，还是自然元素以及现实元素，它们最终都要转换为诗歌中的精神元素。这是对写作者精神视域和语言意识的双重验证，物之表象应该是与心象连缀在一起的。“物，即诗学。我们的灵魂是及物的，需要有一个物来作它的直接宾语。问题之关键在于一种最为庄严的关系——不是具有它，而是成为它。人们在物我之间是漫不经心的，而艺术家则直接逼近这种物态。”（蓬热：《物，即诗学》）因此，诗歌是共时体结构的“语言山河”“家国想象”以及“精神指证”。

弗朗西斯·蓬热 (Francis Ponge,1899—1988) 是法国当代诗人，评论家。生于法国南方蒙彼利埃城的一个资产阶级家庭。青少年时代，他在欧洲做过广泛的旅行，第二次世界大战期间，他参加了抵抗运动，成为《行动报》的文学版主编。蓬热以他诗歌的总体成就荣获1981年国家诗歌大奖、1984年法兰西学院诗歌大奖和1985年法国文学艺术家协会的文学大奖。

切斯拉夫·米沃什 (Czeslaw Milosz 1911—2004)，波兰当代最伟大的诗人和翻译家。1980年诺贝尔文学奖获得者。主要作品有诗集《冰封的日子》《三个季节》《冬日钟声》《白昼之光》《日出日落之处》；日记《猎人的一年》；论著《被奴役的心灵》；小说《夺权》等。

4

尽管“目击道存”非常适合评价当下诗人的写作姿态，唯现实马首是瞻的写作者更不在少数，但是真正将目击现场和时代景观内化于写作的诗人有多少呢？而如何将日常生活中的偶然性现场上升为精神事件，则是作家的道义。

艾略特曾经将诗歌的声音归为三类：诗人对自己说话或者不针对于其他人的说话，诗人对听众说话，用假托的声音或借助戏剧性人物说话。这些声音在任何一个时代都会同时出现，只不过是其中的一种声音会压过其他声音而成为主导性的声源。

具体到近年来的诗歌写作，自我言说和对公众说话几乎是等量齐观的。但是当新闻媒体和自媒体以及相应的纸媒报刊参与其中的时候，最终被聚焦和放大并引起广泛注意的并不是那些“个人的声音”，而恰恰是对公众说话的声音。当诗歌离开了本体内部面向更广大的读者群和阅读空间的时候，人们对诗歌的疑问也从未削弱过。与时代景观和诗歌的声音相应，当下数量最大、影响最大而争议也最大的正是“现实之诗”和“公共之诗”。而无论是个人现实还是公共生活，都大抵是在一个个空间、地方和区域之间展开。自然风景和时代景观如何与诗人的眼睛和词语发生关联呢？时代景观最终具体落实到城市、乡村、郊区、城乡接合部、工厂、建筑等公共空间和私人空间。建筑和公共空间尤其能够体现时代的伦理和社会实践，即使是那些自然景物都可以被看成是宗教、心理或者政治文化中的符号。

约瑟夫·布罗茨基(Joseph Brodsky，1940—1996)苏裔美籍诗人。生于列宁格勒一个犹太家庭，父亲是摄影师，布罗茨基自小酷爱自由，因不满学校的刻板教育，15岁便退学进入社会。他先后当过火车司炉工、钣金工、医院停尸房工人、地质勘探队的杂务工等。业余时间坚持写诗，译诗。

无论这个时代的诗人在面对整体的时代景观的时候是专注于特写还是更倾心于近景、中景或远景，无论是虚构、幻想、超验还是体验、再现、描述，无论是持有自然主义、理想主义、文化保守主义还是怀有现实主义、怀疑主义和激进主义，最终都会在修辞学和主题学上编制成一个时代特有的诗歌语言符号系统。

在一个媒介如此开放，每个人都争先恐后表达的时候，差异性的诗歌却越来越少。这既关乎修辞也与整体性的诗人经验、精神生活和想象能力有关。值得肯定的是诗人与日常生活和社会现实之间的紧密关系使得诗歌的现场感、及物性得到提升，但与此同时诗歌过于明显的题材化、伦理化、道德化和新闻化，也使得诗歌的象征和隐喻系统以及相应的思想深度、想象力和诗意提升能力受到挑战。越来越流行的是日常之诗、新闻之诗、时感之诗、物化之诗，而忽视了诗歌的见证要比新闻更可靠。

时代景观往往是光明与阴影交叠、圣洁与龃龉共存的复杂球体，即使是在很多圣地、圣城也并非存在着完备意义上的“神圣风景”。在现代性的城市化的去除地方性知识的时代，马尔克斯曾警醒地说出“怀旧总会无视苦难，放大幸福”。而当下的与乡土、乡愁和批判现代性、城市化相关的写作，一方面是赞美的怀旧，另一方面也出现了完全批判化的写作。现实生活中的挫败与语言的胜利并不是对等的。而无论是赞美还是批判，你都有权利进行完全一意孤行的表达和讲述，但是真正的诗歌显然比这要求更高。

5

诗人持有一个特殊的取景框，时代景观经由它被放大和聚焦。

写作是完成一场场的“精神事件”。写作就是对自我和对旁人的“唤醒”，能够唤醒个体之间各不相同的经验。由是，诗人除了要具备观察能力、造型能力和赋形能力之外，更为重要的是变形能力——加深和抵达语言的真实。“变形”所最终形成的是寓言之诗，在现实的和精神性的两个文本的“夹缝”中，更高层级的真实以及启示由此生发。

寓言之诗，是变形的甚至荒诞的镜像折光，而这抵达的正是语言和情感甚至智性的深层真实。正是得力于这种“变形”能力和“寓言”效果，诗人才能够重新让那些不可见之物得以在词语中现身。在自然风景和时代景观面前，诗人首先是一个凝视者。

而凝视状态在一个加速度的交通网和城市化时代面前变得愈益艰难——茫然、错乱和倏忽的眼神正在取代以往作家们凝视的眼睛。这提醒同时代的写作者们，时代景观以及具体的空间、物象都只是诗歌表达的一个媒介，最重要的在于选取的角度和选定的事物是否能成为时代和个人的“深度意象”，从而投射出整个时代的神经和人们的精神面影。

在分层和多样化的时代景观面前，诗人应该具有“刚刚生长出来的耳朵”的能力。即使是在黑夜里，对于那些一闪而过事物的轻微声响，他也能及时监测。在细节甚至更为宏阔的现实面前，诗歌同样应该拓展诗的表现范围，而不是受到现实题材和社会主题的限囿。

由此，我想到了王家新一首诗中迅速跳跃不见的“兔子”——

黎明 / 一只在海滩上静静伫立的小野兔 / 像是在沉思 / 听见有人来， / 还侧身向我打量了一下 / 然后一纵身 / 消失在身后的草甸中 // 那两只机敏的大耳朵 / 那黑眼睛 / 那灰褐色的一跃 // 真对不起 / 看来它的一生 / 不只是忙于搬运食粮 / 它也有从黑暗的庄稼地里出来 / 眺望黎明的第一道光线的时候

——《黎明时分的诗》

诗人不能再单纯依赖现实经验，因为不仅现实经验有一天会枯竭，而且现实经验自身已经变得不可靠。尤其是新媒体和自媒体的交互性使得当前诗人的感受方式趋同、感受能力降低。而当下对“诗人与现实”“诗歌与生活”问题的热度不减的争议，使得写作者对“现实”“现实感”的理解发生分歧。日常现实和诗歌中的现实是两回事，诗人所理解的现实也是多层面的，任何执于一端的“现实”都会导致偏狭或道德化的可能。一个时代、一个空间的观察者必须有足够的耐心和足够优异的视力，以凝视的状态“保存细节”。这一细节和个人行动能够在瞬间打通整体性的时代景观以及精神大势。尤其要格外留意那些一闪而逝再也不出现的事物，以便维持细节与个人的及物性关联。这样的话，人和一棵植物的命运在诗歌那里并没有本质的区别，而是具有同样的“诗性”，而这回复到了真正意义上的“诗性正义”，“人和树面对面站着，各自都带有始初的力量，没有任何关联：两者都没有过去，而谁的未来会更好，则胜负难料，两者机会均等”（布罗茨基《文明的孩子》）。

当不断谈论“诗性正义”的时候，我们还要清醒地意识无论是从时代景观还是个体经验或想象力出发，诗人都应以诗歌特有的方式及内在秘密去进一步拓展“诗性正义”的边界和内涵。

茉　　棉

牛　　冲

安　　闯

冯　　彪

树　　弦

袁　　伟

紫藤晴儿

韩　　墨

李　　宁

辰　　水

张建军

叶小青

刘　　巧

风景

The view of wind

登岳麓

（外二首）

茉　棉

上山的路不止一条
我也知道，这样的陡峭是自然的

陡峭中穿梭着顺畅：柏油路，游览车
减去了时间，距离，汗水

这符合多数人的美学
不像我。自我设置障碍
一条道走到底

爱晚亭

我，一个过客
对一座山的热爱
有着自己的理由和方式
就像这株还不高大的枫树
从绿到红
完成对自身的命名

我不是袁枚
亦不会遇上罗典
事实上他们从未相见
只有美好传说
被散步的枯叶朗诵

注：“生命将不断把草叶砸进土里”引自沃尔科特的诗。

我的呼吸渐渐柔和
当我与两个安静的汉字相遇：
爱晚
这长久的给予
并未改变一座山的重量

为你而来

这陡峭。这空气。这暖阳。这风

静默的植物站立山顶
一会儿，又箭矢般飞下山去的自行车
这骄傲的青春。
我羡慕

“生命将不断把草叶砸进土里”
——是的。我羡慕

白云千载空悠悠

（外一首）

牛　冲

今夜，我在词语之间。读到
一丝细微的风
沉默，沉默的
外祖父，走向那棵低垂的树
他佝偻的身躯已无法支撑笨重的词语
四个孩子之外，他必须独自承受晚风的侵蚀

尤记得他的伟大，他必须使用
腰椎间盘突出掌握生活的平衡
悬挂天幕的手臂提起硕果，甘甜的
土地使他发出轰鸣，他垂下一生的红与黑
忧伤与他一样，令人心慌

谒李商隐墓

——兼赠泽西、万盛、启明

我们驶入一片哀悼之中
商隐路上，一只青鸟开始啜饮你的历史
在言辞的碎石中，你潜在的笔墨闪闪发光
我们的发掘不够彻底，更深处
秋池湖的鱼害了相思病，双飞亭梁上的花纹
被晚唐的落日刺穿，一生的壮志埋进枯柏

何以，我们的步辇迟缓，被一只多情的蝴蝶羁绊
墓冢深深，忽而巴山夜雨
循着傍晚的悠长，淅淅沥沥，朝代更迭的
断裂声从你的体内响起
己亥年，我们如何用缄默祈求满园棣棠的原谅

一树冬花

（外二首）

安　闯

在这里有一株树花开了……
这是冬日，有一个人在花开的树下行过。
那些花继续开了，
面临无人知晓的衰颓。
后来枝头舍弃香味了。
走过花开之树的人来到
另一地，更换他的目的。
在往后他会遇见更多的
树，更多的花，更往后的时间。
在他的记忆中不会显现
曾有一个冬日，曾遭遇
一株用开花来治愈自身的树。
而那些花如念头般在树丛间
倏忽而逝，失踪于空中荒野。

下雨前的片刻

隐隐雷声响在天空的腹部
之时　我从路旁的厕所中
走出来　望着忽然变得灰暗
的白云　稍后
两个芒果从树上掉下
一个果皮青　一个果皮黄
它们的内部都已经成熟
以至于遭遇了中年危机
这危机让我的牙齿裹着甜蜜的黄
让我的手几分钟后需要水
清洗　如果你第一次见到
芒果　你不知道它的内部还有个
狭长的果核　就像你已经
很多次见过大雨　但仍然
不知道这一次会不会落在你的头顶
比较值得怀疑的是
当作者的意思已经赶到了这行
而那场雨却还没有赶来会合
但也不能影响一首诗的合法性
虽然它是从许诺开始

不要用牙齿去咬啤酒瓶盖

很久以前老子曾经对孔子
说道：牙齿是坚硬的。老子张开
他的嘴意思或是软舌头比硬牙齿
更有恒心，更能在时间中坚持自己。
如今，在生活的现场中曾有人告诉我：
不要用牙齿去咬啤酒盖。因为十年，
二十年，这种行为终究会报复我们的。
我信，但我没做到这点，也是因为
我没有像牙齿一样随身携带的开瓶器。
多少的日子啊多少的泡沫在继续
多少的泡沫啊多少的空虚在流淌
牙齿仍坚硬在随风而过的多少地点
如果日子会松动，那一定不是
因为牙齿，而是我们缺少了对恒心
的坚持，这种理由，我们缺乏它
所以松动的不只是牙齿，还有时日
所以上善若水，我一饮而过的啤酒
对我是善的，但会反戈一击
但我仍服从于懒惰和轻松对我的暗示。

秋日记事
（外二首）

冯　彪

雨水修补地裂，果实挂秋枝
漫步山林中，独饮一杯斑斓的寂静
与天空对视，沉陷于虚无的湛蓝
秋日盛大，落叶金黄
每一片都经历过兴衰，如人的一生
突然发现爱过的事物都是明亮的
阳光下的草叶是明亮的
草叶上的水珠是明亮的
你的眼睛是明亮的
连生死也是明亮的
何其幸运，让我于此刻捕捉到
整个秋日的豪迈与柔情
所谓爱无边际，大抵如此

秋天碎了

一说起天气凉了，秋天就碎了
此刻，我站在田野，像一个稻草人
玉米已收割，大地尽空旷
只有风，可以穿过完整的乡村
只有乡村，让我产生无法言说的悲伤
带我靠近尘世背后的宁静
此刻，我的眼里全是泪水
是一个孩子离家太久的愧疚
一架班机从头顶上空飞过
发出巨大的声响，让这个秋天
又碎了一次

再次写到天空

危险的蓝。仰望天空
令我产生窒息的快感

从来没有一种打开身心的方式
像天空，给我以空

这空，可容纳一双眼睛的迷失
可接受一对飞翔的羽翼

醉花阴：重阳远寄

（外一首）

树　弦

储物柜里只剩下半片福鼎白茶
但今又重阳，该有一杯烈性酒润嗓子
我要用贵州方言读诗词，旧纸上的替身：
游子、过客、青山、绿水、朝霞
落日、鸿雁、五花马，借被贬的月亮还魂
逼阳台上的菊花说出怀念的意义
兄弟散天涯，纵千里共婵娟，衷肠亦难叙
茱萸茂盛又枯萎；当夜晚在轰鸣中喧嚣
茶叶在沸水中舒展脉络时，便悄然
与明争暗斗的敌人，达成孤独的和解
甚至，九月九日就是让生不逢时的人
头插茱萸后相拥而泣，互指黄花忆故乡

古钱币

一枚康熙通宝铜钱褪去光泽
像被抛弃的河山，蜷缩着穷苦大众
不能描述的一辈子，漆黑的锈迹
想要遮掩铜钱的光芒
可很多的事物纵然遭受千锤百炼
仍然在心里酝酿月亮
说实话，我愈来愈垂怜古铜钱币
甚至把收藏的第一枚康熙通宝
藏在枕头底下。据说，可驱邪除魔
这或许是真的吧！在草木茂盛的故国
鬼魅亦曾是善良的人儿
凶煞不过是一套抵抗侵害的外衣
若心怀坦荡，又怎惧虚空的影子
在夜深人静时飘入梦境？
不过，我确实，心生恐惧：既落人间
没有一粒尘埃是无恙的
天气骤变时，我看见一株小草
疼得折断了腰杆，再也没能平静地
度过生命里的秋天
……更多时候，就算有容纳天下的心
也招架不住从秦朝的闪电雷霆
延续至今的暴雨，枕着康熙通宝入眠
像压住一个朝代的阑尾
让我也疼得需要手术；长期以来
我的梦境是无能为力的
既不能拯救自己，亦不能劝降敌人
我有太多化干戈为玉帛的理由
甚至让河流枯竭，露出毕生的坦荡
让尘世看，这个人，孤绝，悲怆
在谦卑的草木中长流着虔诚的心血

铁栅栏

（外二首）

袁　伟

你为两间心房
扎起一道铁栅栏
以此表明，你对生活
持半开放态度
牵牛花，偷偷绽放出

一朵朵小喇叭
每当我向你靠近，心跳声
就是广播的全部内容
栅栏上的尖锐
被铁锈磨平，正如时间
替你收起性格中
凌厉、硌人的棱角
这是一道镂空
的墙，许多事物都能
来去自如。而我却
只能让春风给你捎口信

枇杷煮水

时光发育成金色果肉
夏风一吹，四季
就在甜蜜中走了一个来回
用陶罐慢煮
文火把刚离枝的金星
研制成止咳糖浆
一颗颗黄金丸，在滚烫中
平息两叶肺上的霍乱
你枕上的睡梦也终于回甜
入药后，枇杷获得一个
新的身份。而你依旧
戴着那顶病秧子的草帽
关于枇杷和水之间
谁煮谁的问题，已不重要
力在作用时总有相互性

育秧盘

稻种在泥土中
安胎。为育秧盘
镀上一层母爱的光辉
春光蜕成麦粒
的肤色后，又在
一颗水稻的腹中返青
夏风为谷粒
强行注入胀痛和隐忍
这两种不同剂量的催产素
种子萌发的过程
无异于孕吐。每一口都
暗含一截大好时光
秧盘和胎盘之间，是否
存有某种潜在联系
深夜，你托请黑字去询问白纸

柜台简史
（外二首）

紫藤晴儿

卡夫卡的甲虫也会从书页中经过它通透的玻璃
我捧起的人间烟火
有时候比寂静更寂静
有时候又恍若一个集市，贴上标签的物件在意义中发光
什么都不是诗，什么也都可以成为诗

与它有关的光阴我都不曾浪费
玻璃划过手指时我尝到了疼
血滴落下来我会找到心脏的位置
爱和热爱正是沸腾的生活，黄金的屋顶

我挪动着电脑的不同位置
与世界关联

那些无声的摩擦是时间，也是我的外壳
蜕变的蛾子有我的轻
我喜欢飞蛾扑火的爱
当然我也在我中不停地转换
但除了精神的海域，财富的中心
我也会低下卑微的头颅，却又不会更改大意

谷雨

雨水更多了。春天略过的缝隙也会得到雨水的浸泡
雨洗刷着天空，架上的葡萄藤伸向了夏日
我流过的眼泪在雨水中朦胧
父亲像一只鸽子一样飞走了
谷雨的秕谷他也不会询问。雨声淹没的时间像一个现实
也会凸凹着我的疼
当雨越下越大时又会模糊不清
我的父亲他不是一只鸽子
他会在雨天做一些盘算，掂量着种子的苍穹
当闪电携带着光亮照清了现实
谷雨像时间鳞片
搜刮着悲欢生长

入海口的静

同样的静，风吹着草叶
寂静和几只飞鸟一同写下了轻
仿佛取消了尘世的轰鸣
我从那里经过有了失重的舌头
它不是用来说话
仅取决于语言的词语或句子
河堤上有微微返青的枝条
垂落着柔软
大地隐秘于无声的生长
时间轻轻摩擦着沙粒
仿佛只有静才可以容纳着这些
发觉到的美
也仿佛时间低到了海平面上
欲望的瞳孔仅接纳着
水，湿漉漉的回忆，不被外界所牵引的风声

童年的鳞片
（外二首）

韩　墨

1
有人撩起水的琵琶，弹出一条青石路
眼见鱼群争食莲花的倒影
满怀的榆钱，能换一小片月光

换来好婆篱笆前倚首翘望
盈盈欲滴的眼神，这秋水的颜色
历春夏而秋冬，等我，登斯楼望乡

2
小时候，有一座废弃的木头船

可以容纳影子和我捉迷藏
我躲在鲸鱼的背后，听惊惶的脚步声

3
我藏进夜里，等着谁扶起倒下的风车
有人掉下一缕青丝，搭在水上
搭成颤巍巍的桥，让人心惊

只有奔跑的羚羊，才能追上风声
秋天来了，你奔跑的姿势多么迷人
我一格一格地，数着秋天的桥

时远时近溪水

A
土窑前泥砖坯、泥瓦坯，像一排排故人
随时会被一阵风或一场雨
吹散成灰，稀释成泥

铁皮窑门，烧窑人将木屑和煤块倒进炉膛
染红黄昏，猫头鹰眼睛放出光
烟被风在天空挥毫烟的象形

B
梅雨后，狗尾巴草和巴根草抽出一截
窑内砖坯脱落，鸟儿筑巢，蛇躲在砖缝深处
土窑周身长满“猫耳朵”野草

挎竹篮，拿镰刀，踏过田埂
踩着沟渠，寻找一种植物
绿色艾草，叶背长着白色细茸毛

C
村头古井氤氲着雾气
婆姨井口洗菜淘米，淘生活
擦汗的手势，画一弧诡异的蓝

秋天老鹰在雪垣滑翔，只轻扇翅翼
就惊蛰，就万物生
布谷鸟的叫声躲在田野乡间

布谷声躲在乡间

Ⅰ
谁唤醒桃之夭夭的桃花
黑黝黝枝条闹出点点小桃红

黄鹂鸟嘤嘤其鸣，求其友声
那一抹黄，在草绿中层次渲染

Ⅱ
然后呢，就静静听春雷响和自然律动
远望高山雪融，转眼就春风

白云化雨，牛犁梯田
一年之计的春耕有人撒豆

Ⅲ
梅雨幽幽涉过江南
雨水把暮春翻译成青苔，翻译成布谷声

有人竹林听雨，有人弹指惊雷
翻阅竹简的夏至，从秦汉到明清

Ⅳ
从端午到惊蛰，到江畔以身喂鱼
有人凿船取火，有人水中捞月

有人把月色和命运折成三叠
脚步声把河岸踏成断离舍

V
一个人捧着夕阳，捕光者船载以入
秋风起，暮晚的湖上

几只小野鸭浮游天地间
迟疑着试探人间春色

与父亲

（外一首）

李　宁

这一次，我和父亲坐到天黑
说收成，说山羊
瘦小的雷声落在他的额头

想起他在地里，把自己从泥土拔出
结果满身伤口。

他说活的人在山上，死去的人站在河边
一代就这样盼着一代

面对大风。我们谁也没有再说
消失的事物，正重新回到我们中间

风筝

用破衣服和绳子拼凑
拴在自行车后座，搬移黄昏
疾风一头扎入旷野
将极少数的蝴蝶冲开

无解的事和盐罐丢在山中
从最初的人群，走到一个人的墙壁
我必须静下来向身后交出失眠

落日对应的道路
由乡村拿到城市来宽恕繁华
隔着玻璃，身体布满了各种裂痕

在满大街风暴和惊恐面前
我更像一颗独立的牙齿

另一种选择

（外二首）

辰　水

不可思议的事情突然发生了
正如我在夜晚为一颗星星送去灯盏……
在寂寥的天空之下
沉睡的河流在村边拐弯
一切似乎都异常安静，除了内心
依旧挣扎，难以平复
毕竟我还有诗，还有歉收的庄稼

那些杀伐者，蒙面人
——进入生活中的异质
很快就变成了一种虚无
一种惊险，无处不在，又无迹可寻
我以一种沉默来代替
反抗，或者是斗争
而在无边的旷野，还有一些火
在静静地燃烧

救赎自己

靠写一首来救赎自己
无疑，是一种臆想，是一种痴人说梦
当一首诗被完成，恰似
脚下的垫石，又被抽掉一块
又在深渊里陷入得更深
如何才能抓住一根救命稻草
才能完成对自己的救赎?
夜晚，走在星光黯淡的乡下，一切都好
如生命里几段小小的插曲
都一一得到共鸣
人生如海，暮色如潮水
袭来，逐渐就淹没我，就吞没我
救赎自己，永远都像是失足的游客
怀有希望
又在黑暗中看到一盏盏灯
渐次熄灭

一个梦

梦中的绳索，滑落
在我的脖颈，它几乎要锁住我的咽喉
怕它再次发生，震动——
或者是让三尺外的空气，感到颤栗
我为此向另一个世界的统治者
予以抗议，它在梦里将我
绑缚，并给我一颗恐惧之心
——上锁
如此这般，一个小丑也可能
在一场戏演出之后，而变回从前的模样
只有梦如此脆弱
像一面玻璃，易碎。醒来后
只有台灯那灰暗的光，照亮一米远
梦中的秩序，也为我安排着
一个宿命的未来
那半掩着的窗子，就在左边
天地就在外面，月光皎洁，大地安宁
而无尽的痛苦被极度缩小了
——在梦里，它们随便进出，自由入窍

罪

（外一首）

张建军

靠在床头，点上一支烟
房间里没有与我对称的事物

喜欢烟草味，喜欢被烘烤的感觉
它像在逼我交出某些罪证

116

打开内心虚掩的门，我交出
内心的坦荡，还有被磨平棱角的石头

它找遍我身体每一处角落，无非就是没洗的衣服
前天未倒的垃圾和一些我时常想起的人

这些都不足成为我的罪证。我承认我有罪
它所找不到的，必是我不想提起的

休息日

把这灰色的天空擦一擦，给它一点蓝
让我们可以重新发现惊喜

把太阳牵出来。阳台上有旧照片
还有随意摆弄姿势的新衣服

给嗓子沙哑的鸟冲杯板蓝根
给夜晚的蛙装个消声器

我们能听见的，也不一定真实
有时候喜欢虚伪，但虚伪也不一定是我

风的节奏可以调快一点
喜欢风，也喜欢酒。但我喜欢的不一定喜欢我

一直想给酒里加点糖，但我不会这么做
我要为自己保留最后一点秘密。即使被你发现

一天将尽

（外一首）

叶小青

一天将尽
词语的精灵飞舞在屏幕上
敦促我记下一天的发生
它要求我做到：诚实。精准。简洁
但我遇到了巨大的困难与挑战
——把“我”置身其内
它们都变得可疑

一个孩子在哭

一个孩子在哭
低下头在哭
双手卷着衣服下摆

他在十字路口哭
没人愿意为那个哭泣的孩子
停下脚步，安慰他
把他带出哭的沼泽

他哭得多么孤独
他有旁人不为所知的伤心
大家都忽视了孩子在哭
这个早晨看起来是多么地失败

117

苹果的香气

（外二首）

刘 巧

醉人的安宁，有着苹果成熟的香气
果实藏着秋日的甜
我想知道，一阵风是怎样把
苹果树的叶子，吹到地上
轻盈，翻滚，有着消逝的无声无息

我想知道，站在苹果树下
一颗熟透的苹果
会不会，砸中我的头
看着泛黄的叶子，一片一片落下
我想知道，当叶片离开枝头的刹那
会不会，喊一声：疼！

我喜欢这样的宁静

我喜欢这样的宁静——
草叶上有绿色的小虫蠕动
荷花清香，看一眼就脸红的人
额头上飞过两朵红云
啤酒冒着初夏的泡沫
红酒的红是沉淀的心事
摇着玻璃杯
眼里汪着一眼寂静的泉

此刻，蝉鸣举着透明的露珠
轻轻地摇晃
闪电的速度还是太慢了
我只是随意挥一挥手
便让我抓住泪水里
那一闪而逝的孤单火焰

回到烟火深处

所有的炊烟回到烟火的深处
所有的罪恶悄然熄灭
草有了草色
人心结出善和美的果实

父亲牵着沉默的大牯牛
从清塘河缓步归来
槐树枝上的小麻雀，飞起，落下
大着胆子跳上牯牛的脊背
疲倦的父亲回转头，微微一笑

这时，迎面走来的乡亲
牵着另一头沉默的大牯牛
不说话，冲父亲点点头
夕阳西下，两个人
借着柔和的日光，互道一声平安